CHAQUE PIÈCE, 20 CENTIMES.
441° ET 442° LIVRAISONS.

THÉATRE CONTEMPORAIN ILLUSTRÉ

MICHEL LÉVY FRÈRES, ÉDITEURS,
RUE VIVIENNE, 2 BIS.

CRI-CRI

FÉERIE EN TROIS ACTES ET TRENTE-DEUX TABLEAUX

PAR

MM. Gabriel HUGELMANN, Pauline TYS, Hippolyte BORSAT et Ernest FANFERNOT

Musique de M. JOLY. — Ballet de M. LEFÈVRE. — Décors de M. Eug. FROMONT

REPRÉSENTÉE POUR LA PREMIÈRE FOIS, A PARIS, SUR LE THÉATRE IMPÉRIAL DU CIRQUE, LE 15 AOUT 1859.

DISTRIBUTION DE LA PIÈCE:

COQUELUCHON	MM. WILLIAMS.	NINA	Mmes BLANCHE D'ARLEY.	LE DÉVOUEMENT	DUQUESNE.
BRISEMICHE	LEBEL.	LA MÉCANIQUE		PREMIÈRE DAME	
QUIBUS	BOILEAU.	LA REINE DES FLEURS.	Marie TANESY.	DEUXIÈME DAME	
DANIEL	LAROCHE.	LA GÉNÉROSITÉ		MARGUERITES	
BABOLIN	BENJAMIN.	LA PRINCESSE BRISE-		CLOCHETTES	
BALUCHON	THÉOL.	TOUT	Cie SAINT-SARD.	COQUELICOTS	Personnages muets.
MIRLIFICHE	NOEL.	L'AMOUR	Estelle NOBELS.	BLEUETS	
CAPITAINE DE PIRATES.	COCHET.	LA PERSÉVÉRANCE		PREMIÈRE FLEUR.	
PREMIER PIRATE	RENAULT.	LA GRENADE	Julia LEMAIRE.	DEUXIÈME FLEUR.	
DEUXIÈME PIRATE	TOURNOT.	UNE INDIENNE		TROISIÈME FLEUR.	
L'AUBERGISTE	DARCOURT.	LE COURAGE	Coraly.	DAMES, SEIGNEURS, COIFFEURS, TAILLEURS, HABIL-	
UN CLOWN	MONET.	LA FIDÉLITÉ		LEURS, GARDES DE COQUELUCHON, GARDES DE BA-	
PREMIER EUNUQUE	THIL.	LE BLEUET	Louisa.	LUCHON, VALETS, PAYSANS, PAYSANNES, LILLIPU-	
DEUXIÈME EUNUQUE	LANGLOIS.	LE TRAVAIL	Valentine.	TIENS, ESCLAVES, ESPRITS, MATELOTS, MARMITONS,	
MARGOT	Mmes JOSÉPHINE.	LA CROYANCE	Thérésa.	SIRÈNES, EUNUQUES	
CRI-CRI	RENÉ D'ABSAC.	LA SAGESSE	Angélina.		

— Droits de représentation, de reproduction et de traduction réservés. —

ACTE PREMIER

PREMIER TABLEAU

L'intérieur du moulin de Brisemiche.

A gauche, plusieurs sacs de farine; à droite, un vieux bahut, table, chaises; on entend le tic-tac du moulin.

SCÈNE PREMIÈRE.

MARGOT, BABOLIN, GARÇONS MEUNIERS.

(Les garçons et Babolin entrent.)

CHŒUR.

Au travail le tic-tac nous appelle,
Au travail les garçons du moulin!
Le vent souffle sur la blanche aile
Pour donner aux pauvres du pain.
Au travail les garçons du moulin!

BABOLIN!
Oui... au travail; au travail, les autres! (Les garçons sortent.)

MARGOT.
Les autres!.. C'est ça... et pas toi... comme toujours.

BABOLIN.
Mais puisque ça m'est impossible.

MARGOT.
Pourquoi ça, s'il vous plaît?

BABOLIN.
Parce que... parce que je vous idole, quoi!

MARGOT, continuant de ranger en chantonnant.
« Allez voir s'ils viennent, Jean; allez voir s'ils viennent. »

BABOLIN.
Margot!..

MARGOT.
J' travaille, moi... j'idole personne.

BABOLIN.
Oh! Margot! c'est-y Dieu possible, qu'on soit méchante à ce point-là!..

Air de *la jolie Meunière.*

Ah! que vous êt' donc belle!
Ah! répondez-moi donc!
Margot, Margot cruelle,
Vous attendrira-t-on?

MARGOT.

Gros bêtas!
N' m'approch' pas, (*bis.*)
Gros bêtas!

(Parlé.) Tu n'entends donc pas le tic-tac qui t'appelle? (Chanté.)
Tic-tac, tic-tac...

ENSEMBLE.

MARGOT.

J' me moq' ben d'être belle,
Va-t'en; mais va-t'en donc;
Quand le tic-tac appelle,
Bêtas, s'en ira-t-on?

BABOLIN.

Oh! que vous êt' donc belle!
Oh! répondez-moi donc!
Margot, Margot cruelle,
Vous attendrira-t-on?

MARGOT.

Non, non, non.

BABOLIN.

Eh ben, j' vas m'arracher les cheveux, ça vous apprendra...
Tenez, en v'là une poignée d'arrachés... Vous faites de la belle
ouvrage! Toutes les filles du pays vont vous en vouloir de défi-
gurer comme ça le plus joli garçon du village... Tiens... en
voilà encore...

MARGOT.

Tu seras donc toujours bête?

BABOLIN.

Toujours!.. Ah çà! dites donc, qu'est-ce que vous me faites
dire... J' vas m'arracher le reste.

MARGOT.

Mais tu ne vois donc pas que c'est impossible que j' t'épouse?..

BABOLIN.

Parce que je suis t-un niais!.. qu'est-ce qu'il faut faire pour
ne pas l'être?

MARGOT.

Acheter de l'esprit...

BABOLIN.

J'ai pas l' sou.

MARGOT.

C'est justement pour ça que t'es bête.

BABOLIN.

Je m'en doutais... vilaine ambitieuse!..

MARGOT.

Faut-il pas se marier pour traîner la misère?

BABOLIN.

Mais j'ai un riche cœur... un cœur d'or...

MARGOT.

Fais-en de la monnaie.

BABOLIN.

Oh! c'est pas t-à croire... Dire que dans l'ancien temps l'on
se mariait pour un cœur...

MARGOT.

Sinon... bernique... n, i, ni...

BABOLIN.

C'est fini!.. Oh! Margot!.. Margot!..

MARGOT.

Ne dirait-on pas vraiment que notre moulin est ensorcelé!..
D'un côté, Monsieur qui pousse des cris à remplacer le vent;
d'un autre, Daniel qui soupire à se déchirer le cœur. Un garçon de moulin épouser la fille de Brisemiche!.. c'est cela qui
serait drôle... Après tout, c'est un beau garçon, lui... Est-il
mal peigné, ce bêtas-là?

BABOLIN.

Puisque je l'immole, ma chevelure...

MARGOT.

Allons... arrangez-moi ça... c'est pourtant vrai qu'on pourrait aimer c'te frimousse.

BABOLIN.

Oh! c'est-y doux!.. c'est-y doux!..

MARGOT, lui donnant un soufflet.

Et ça, c'est-y doux?

BABOLIN.

Ah! non!.. ah! si! ah! si!.. Margot, soyez comme la fille de
votre parrain: compatissante et bonne.

MARGOT.

Plus souvent!

BABOLIN.

C'est pas t-à croire!

VOIX DE BRISEMICHE.

Hé! là haut! Margot! Babolin!

MARGOT.

Tenez... voilà qu'on va nous surprendre ensemble.

BABOLIN.

Et ben! après?

MARGOT.

Comment, après?.. N'approchez pas, je vous griffe.

BABOLIN.

Oh! non... oh! non... et les autres, qu'est-ce qu'elles di-
raient?

MARGOT.

Monstre!..

SCÉNE II.

MARGOT, BABOLIN, BRISEMICHE, NINA.

BRISEMICHE.

Encore ensemble!..

MARGOT.

Ça n'est pas moi, mon parrain.

BRISEMICHE.

Comment, ce n'est pas toi... qui est-ce donc?

C'est lui...

BRISEMICHE.

Alors, c'est différent... j' vas lui casser quéqu' chose.

MARGOT.

Non, non... c'est pas lui...

BRISEMICHE.

Mais qui?.. qui?..

MARGOT.

C'est personne.

BRISEMICHE.

Fallait donc le dire tout de suite... Au travail... au travail!..
Ah! dame! faut pas jouer avec moi, que j' dis... v'là comme
j' vous arrangeons les gens.

BABOLIN, à part.

Elle me sauve... je suis t-aimé!

SCÈNE III.

BRISEMICHE, NINA.

BRISEMICHE.

Avancez ici, ma brunette... Qué beau brin de fille!... et dire
que c'est ma femme qu'a mis au monde ce bijou-là... Pauv'
ménagère, va!.. Au fait, elle était crânement tannante quand
elle s'y mettait, madame Brisemiche.

NINA.

Mon père...

BRISEMICHE.

T'as raison; soignons sa mémoire... ça ne coûte rien! — Nina!

NINA.

Mon père?

BRISEMICHE.

Mon père! mon père!.. donnez donc de l'éducation aux filles,
pour qu'elles ne savent que vous dire: Mon père!.. Ça vaut
cher la livre, c'te parole-là!..

NINA.

Que voulez-vous que je vous dise?

BRISEMICHE.

Ça, c'est juste... qu'est-ce qu'elle peut me dire? — Fallait
donc le dire tout d' suite.

NINA.

C'est vous qui devez m'apprendre quelque chose... vous
m'avez fait monter ici pour cela.

BRISEMICHE.

T'as raison, Nina... J' t'aime... le moment est venu pour toi
de m' récompenser de tous ces sacrifices, de m' remplir d'orgueil, de joie et de médailles d'or avec le portrait du roi dessus.

NINA.

Comment cela?

BRISEMICHE.

Sais-tu c' que c'est que l'amour?

NINA.

Oui, mon père.

BRISEMICHE.

Oui?.. eh ben, tant mieux!.. Mais c'est égal, faut pas l' dire.
Après tout, quand on a de l'éducation... Apprends donc une
chose... t'es t-aimée...

NINA.

Je le sais, mon père.

BRISEMICHE.

Ah çà! n'y a rien à leur apprendre... aussi tout est éclairé
au gaz actuellement. Eh bien! apprends donc que le riche, le
noble, le puissant seigneur Coqueluchon va venir me demander
ta main.

NINA.

Coqueluchon?..

BRISEMICHE.

Lui-même... et comme, au bout du compte, ta toilette me
coûte même les yeux de la tête, j' vas pousser la bonté pater-
nelle jusqu'à me priver de ta présence ici.

NINA.

Mon père... je serai franche avec vous... je n'aimerai jamais
le seigneur Coqueluchon.

BRISEMICHE.

Ça m'est complétement égal... mais faut pas l' dire.

NINA.

Et, quant à l'épouser, je ne le pourrai jamais non plus.

BRISEMICHE.

Ta, ta, ta, ta, ta, c'est une autre paire de manches... Et pourquoi ne l'épouserez-vous pas?

NINA.

Parce que j'en aime un autre, mon père!

BRISEMICHE.

Et cet autre, c'est?..

NINA.

C'est un garçon bien modeste, bien rangé, bien généreux, bien...

BRISEMICHE.

Va toujours, va toujours... ils sont tous comme ça ceux qu'on aime.

NINA.

Enfin, mon père... c'est...

BRISEMICHE.

Un millionnaire?.. Elle a de l'intelligence.

NINA.

Non, mon père... c'est...

BRISEMICHE.

Un meunier?.. Ah! c'est moins spirituel.

NINA.

Pas tout à fait encore...

BRISEMICHE.

Comment, pas tout à fait?.. Mais c'est donc une cruche, que ma fille chérie!..

NINA.

C'est Daniel...

BRISEMICHE.

Mon premier garçon?

NINA.

Air de M. JOLY.

Oui, mon père, c'est lui que j'aime,
C'est lui que je veux épouser.

BRISEMICHE.

Eh bien! je l' chasse aujourd'hui même
J' verrons si ça va l'amuser.

NINA.

Vous le chasser? Oh! non, mon père;
Ayez pitié de ma douleur.

BRISEMICHE.

« C'te fille-là, c'est tout comme sa mère, }
« Faut toujours qu'ell' me fend' le cœur! » } (bis.)

(Appelant.) Daniel!.. ici, Daniel!

NINA.

Je vous en prie!.. que je suis malheureuse!

BRISEMICHE.

C'est ça, pleure, ça te consolera.

SCÈNE IV.

BRISEMICHE, NINA, DANIEL, puis BABOLIN.

DANIEL.

Que me voulez-vous, maître?

BRISEMICHE.

Ce que j' te veux?..

DANIEL.

Mademoiselle Nina pleure!

BRISEMICHE.

Ça n' te regarde pas; c'est pour s'amuser. Connais-tu la poudre d'escampette?

DANIEL.

Que signifie?...

BRISEMICHE.

Ça signifie qu' tu vas faire ton paquet tout d' suite et partir... J' te dois quinze jours, j' t'en tiens quitte... Allons, marche...

DANIEL.

Partir!.. c'est impossible... quand je me sentais un trésor...

BRISEMICHE.

Un trésor! — Nina!

NINA.

Mon père?..

BRISEMICHE.

Donne de la bière. (A Daniel.) Poursuis, ça m'intéresse.

DANIEL.

Oui, un trésor de courage et de bonne volonté.

BRISEMICHE.

Ici, Nina... ne t'avise pas de verser!...

NINA.

Tiens!...

BRISEMICHE.

Comment, gredin, j'allais t'offrir de la bière, et tu n'as que des espérances! En voilà un effronté... Allons, décampe vite!

BABOLIN, entrant.

Maître!...

BRISEMICHE.

Qu'est-ce que tu veux, imbécile?

BABOLIN.

Le seigneur Coqueluchon s'est embourbé dans le p'tit chemin.

BRISEMICHE.

Courons...

BABOLIN.

Il est attelé à une calèche... c'est-à-dire, il est dedans.

BRISEMICHE.

Qu'importe... viens... Coqueluchon! quel honneur! Vous, Mademoiselle, allez vous mettre de la quincaillerie... Quant à toi, si j' te r'trouve au moulin... nous verrons. Viens, Babolin.

BABOLIN, très-haut.

J'emboîte, maître, j'emboîte!

SCÈNE V.

NINA, DANIEL.

DANIEL.

Vous vous en allez comme cela, mademoiselle Nina... sans rien me dire?

NINA.

J'ai avoué à mon père que vous m'aimiez.

DANIEL.

Et c'est pour cela qu'il me chasse, n'est-ce pas?

NINA.

Il veut que j'en épouse un autre.

DANIEL.

Un autre?

NINA.

Oui, un autre.

DANIEL.

Mais qui donc, enfin .. qui donc?

NINA.

Coqueluchon.

DANIEL.

Lui... cet homme ridicule!..

NINA.

C'est la volonté de mon père... il est riche, le seigneur Coqueluchon.

DANIEL.

Riche... Mais ce n'est pas la richesse qui fait le bonheur... c'est l'amour... c'est le travail, c'est la vie de famille au foyer du soir.

NINA.

Je le sais, Daniel... je le sais... aussi garderai-je toujours votre souvenir... Mais partez.

DANIEL.

Nina!

NINA.

Je ne peux pas désobéir à mon père... Adieu donc! adieu!

SCÈNE VI.

DANIEL, seul.

Elle me laisse... et elle me dit qu'elle m'aime! Voilà la récompense de tout ce que j'ai fait pour devenir digne d'elle. Simple garçon de moulin, je me suis instruit seul; je suis parvenu à l'attendrir... et un mot de son père suffit... Ah! décidément je n'ai pas de chance.

Air : la Colonne.

On a beau dire, on a beau faire,
Quand on a rien, l'on ne peut rien;
Oui, pour avoir le droit de plaire,
Il faut prouver qu'on a du bien. (bis.)
A ce meunier je disais tout à l'heure
Que mon courage était un vrai trésor;
Ah! peut-être il en rit encor,
Et Nina s'enfuit quand je pleure. (bis.)

Puisque je ne puis être son mari... je me tuerai; de cette façon-là, je ne serai pas obligé de quitter le pays.

SCÈNE VII.

DANIEL, BABOLIN.

BABOLIN.

Atchi! atchi!

DANIEL.

C'est toi, Babolin?

BABOLIN.

Atchi! atchi!

DANIEL.

Qu'as-tu donc à éternuer?

BABOLIN.

J'ai vu l' moment qu'ils allaient s' neyer... Enfin, j' les ai débourbés, quoi!.. et j'en suis ré... ré... j'en suis ré... ré... j'en suis... atchi... Quel rhume de cerveau!.. atchi... enfin... v'là que ça passe... Une bonne action, ça rapporte toujours quelque chose...

DANIEL.

Oui, un rhume.

BABOLIN.

Vous avez mal queuqu' part, vous? quoi que vous avez?

DANIEL.

J'ai... j'ai que je suis las de la vie.

BABOLIN.

Oh! oui... c'est lassant...

DANIEL.

Il faut que je quitte le moulin... comprends-tu?

BABOLIN.

Tiens... comme ça tombe... moi qui veux m'en aller aussi.

DANIEL.

T'en aller... et pourquoi?

BABOLIN.

Parce que j'aime et qu'on m' fiche des coups.

DANIEL.

Margot?

BABOLIN.

Elle-même... en propres mains... qu' c'en est doux... j'ai des noirs partout .. Je quitte le village... j'irai dans un autr' monde... à trois quarts de lieue... Alors elle verra... elle verra...

DANIEL.

Hélas! je suis aimé, moi, et je dois partir... j'aime mieux aller jusqu'à la rivière...

BABOLIN.

C'est ça, nous nous reposerons sur le pont.

DANIEL.

C'est au fond qu'est le repos.

BABOLIN.

Au fond d' la rivière?.. ah! non... c'est sur l' bord.

DANIEL.

Je te ferai mes adieux, alors.

BABOLIN.

Vous voulez vous périr!.. ça s' dit, mais ça s' fait pas... J' m'arrache tous les jours les cheveux; mais j' n'en ai pas encore perdu un...

DANIEL.

J'aime Nina plus que moi-même...

BABOLIN.

Ce qui fait qu' vous l'aimez pas du tout...

DANIEL.

Comment?

BABOLIN.

Dame! si vous vous périssez... qué qui lui rest'ra! Ah! si j'étais t-un savant comme vous, qu'avez t-étudié tous les soirs, qu' ça m'en faisait dormir pour nous deux, quoi... j' sais ben c' que j' ferais.

LA VOIX DE MARGOT.

Prenez garde de vous blesser, seigneur Coqueluchon.

BABOLIN.

Margot!

DANIEL.

Et Coqueluchon!.. Je vais...

BABOLIN.

Voulez-vous bien finir... quand on n'est pas le plus fort, faut jamais taper; cachons-nous dans le grenier, on entend tout sans être vu.

DANIEL.

Tu le veux?

BABOLIN.

Venez donc... (Ils se cachent.)

SCÈNE VIII.

DANIEL et BABOLIN cachés, MARGOT, COQUELUCHON.

MARGOT.

Entrez, seigneur Coqueluchon... c'est ici.

COQUELUCHON.

Enfin. Scélérat de petit chemin... me mettre dans cet état... sans respect pour.. Sais-tu que tu dois être honorée de me tenir compagnie pendant que Brisemiche aide mes domestiques à remettre ma calèche en état?

MARGOT.

Certainement, Monseigneur...

COQUELUCHON.

Elle a de l'esprit... Comment t'appelles-tu?

MARGOT.

Margot, pour vous servir... Monseigneur.

COQUELUCHON.

Tu es l'amie de Nina, m'a-t-on dit?

MARGOT.

Son amie d'enfance.

COQUELUCHON.

Comment me trouves-tu?

MARGOT.

Dame!..

Air de M. JOLY.

On dit comm' ça par le village,
Quand vous passez en équipage,
Précédé de votre coureur,
V'là Monseigneur! (bis.)

Moi qu'ons des yeux comm' tout's les autres,
En comparant vos ch'vals à nôtres,
Votre voiture à nos charrois,
Vos laquais plantés là bien droits,
A nos garçons l' nez plein d' farine,
J' disons qu' ça vous a meilleur' mine;
Et j' crions de tout notre cœur :
Viv' Monseigneur! (bis.)

COQUELUCHON.

Sois franche... coquine... je ne te parles pas de mes gens... mais... de moi... de mon individu... Comment me trouves-tu?

MARGOT.

Tout d'un bloc, c'est pas désagréable...

COQUELUCHON.

Et les détails... passons aux détails!

MARGOT.

Dame!..

COQUELUCHON.

Que dis-tu de la jambe?

MARGOT.

On en a vu de plus laide.

COQUELUCHON.

J'ai des châteaux, des prairies, des rivières et des moulins à vent.

MARGOT.

Tant de choses que ça pour un homme seul!

COQUELUCHON.

Si je t'offrais de m'épouser?

MARGOT.

C'est moi qui épouserais les rentes, et plus vite que ça.

COQUELUCHON.

Eh bien! je te donne cette croix d'or à une condition.

MARGOT.

Laquelle?

COQUELUCHON.

C'est que tu engageras Nina à me prendre pour mari.

MARGOT.

Tiens!..

COQUELUCHON.

Eh bien?..

MARGOT.

Dame!.. nous verrons, Monseigneur.

COQUELUCHON.

Ah! friponne... tu es jalouse peut-être?.. Allons, allons, nous tâcherons de te rendre quelques visites. (A part.) Toutes les femmes m'adorent...

BABOLIN, caché.

Dindon, va...

COQUELUCHON.

Hein!.. tu m'appelais, petite?..

MARGOT.

Non, Monseigneur.

COQUELUCHON.

C'est singulier, j'ai cru entendre mon nom.

MARGOT.

C'est le vent.

COQUELUCHON.

Ah çà ! et ma future?

MARGOT.

Elle s'habille.

COQUELUCHON.

Pourquoi faire?

MARGOT.

Comment, pourquoi faire?

COQUELUCHON.

C'est vrai.

BRISEMICHE, en dehors.

Surtout qu'on respecte cette voiture à l'égal de moi-même.

MARGOT.

Voici maître Brisemiche qui rentre au moulin.

COQUELUCHON.

Enfin, je vais savoir ce qu'il pense de l'honneur que je veux bien lui faire.

SCÈNE IX.

LES MÊMES, BRISEMICHE, PAYSANS, PAYSANNES, GARDES.

BRISEMICHE, aux gardes.

Entrez, entrez, messieurs les seigneurs!

COQUELUCHON.

Comment... ce sont mes gardes : Brisemiche, laissez entrer tout le monde, je tiens à être vu.

BRISEMICHE, aux paysans.

Allons, entrez... Ah! Monseigneur, croyez bien que... je suis émerveillé...

COQUELUCHON.

Je le comprends, mon cher, je le comprends.

BRISEMICHE.

Mais ma fille n'est pas t-émerveillée du tout.

COQUELUCHON.

Ça viendra... ça viendra.

BRISEMICHE, à Margot.

Qu'est-ce que tu fais là, toi?

COQUELUCHON.

Laissez... laissez... elle admire.

BRISEMICHE.

Fallait donc le dir' tout d' suite... Admire, mon enfant, admire...

MARGOT, à part.

C'est égal, Babolin est bête, mais il est mieux...

BRISEMICHE, à part.

Tiens, v'là le placement de ma bière. (Haut.) Monseigneur veut-il accepter...

COQUELUCHON.

Dans un moulin... fi donc!..

BRISEMICHE.

Pas moyen de la placer.

COQUELUCHON.

Je venais chercher votre réponse et vous inviter à souper pour ce soir dans mon château de La Coqueluchonnière.

BRISEMICHE.

Dans vot' château... moi... en personne?..

COQUELUCHON.

Avec mon aimable fiancée... Vous amènerez cette petite... elle me va; elle me plaît.

BRISEMICHE.

Mais si Nina refusait?..

COQUELUCHON.

Allons donc, vous n'y pensez pas!..

BRISEMICHE.

Elle est entêtée en diable.

COQUELUCHON.

J'aime ça, moi, les femmes entêtées... rien que d'y penser... ouf...

MARGOT.

Qu'est-ce qui vous prend, Monseigneur?

COQUELUCHON.

Rien... rien... (A part.) Maudit rhumatisme. (Haut.) Du reste, j'ai à mon service un génie devant lequel toutes les volontés s'inclinent, tous les obstacles disparaissent.

MARGOT.

C'est ça qui doit être un joli génie.

BRISEMICHE.

Et où qu'il est, que j'allions lui rendre nos d'voirs?

COQUELUCHON.

Il est partout où je le possède... Ce moulin est à moi... il est ici.

BRISEMICHE.

Vraiment!

MARGOT.

Voyons voir?

COQUELUCHON.

A moi, Quibus... à moi!

BRISEMICHE ET MARGOT.

Quibus...

DEUXIÈME TABLEAU.
Le Quibus.

SCÈNE PREMIÈRE.
LES MÊMES, QUIBUS.

QUIBUS, sortant du bahut, complétement doré.

Me voilà, maître...

MARGOT.

Oh! le joli garçon... il est tout doré.

BRISEMICHE.

Bonjour... monsieur des Écus... Vous avez mon estime.

QUIBUS.

Tu n'es pas dégoûté...

Air de M. JOLY.

Je suis le rêve du monde,
Je suis le nouveau soleil,
Et sur la machine ronde
Mon pouvoir est sans pareil.
 Dring, etc.
Devant Quibus on s'incline,
Quibus a beaucoup d'esprit :
Nul contre moi ne s'obstine;
Quand je parais l'on sourit.
Avec moi l'on entre partout...
Quibus est tout; Quibus est tout.
 Dring, etc.

COQUELUCHON.

Eh bien! maître Brisemiche, êtes-vous convaincu?

BRISEMICHE.

Si je le suis!.. C'est-à-dire que maintenant Nina vous appartient... J' vais la chercher.

COQUELUCHON.

Du tout, du tout!.. Ce diable de bourbier a tout désordonné ma toilette .. A ce soir, dans le château de La Coqueluchonnière... Précédez-moi.

BRISEMICHE.

Devant? jamais!.. Je vous précéderai derrière.

COQUELUCHON.

Comme vous voudrez... Viens, Quibus. (Brisemiche sort à la suite de Coqueluchon.)

QUIBUS, à Margot.

Ton bras?

MARGOT.

Mais, monsieur le génie...

QUIBUS.

Est-ce que tu n'oserais pas?

MARGOT.

Dame! qui donne le bras donne le cœur, dit mon parrain.

QUIBUS.

Puisque je veux faire ta fortune.

MARGOT, à part, après lui avoir pris le bras.

A la bonne heure!... Voilà un génie qui sait faire l'amour.

QUIBUS.

Ne suis-je pas le Quibus?.. Et puis... au fait... ce n'est pas en s'arrachant les cheveux qu'on plaît aux femmes. (Ils sortent.)

SCÈNE II.
DANIEL, BABOLIN.

DANIEL.

Eh bien! tu as vu... tu as entendu?

BABOLIN.

C'est pas t-à croire! C'est fini... elle est dorée...Partons...

DANIEL.

Oui, partons pour la rivière.

BABOLIN.

J' veux pas qu' vous vous périssiez.

DANIEL.

Mais tu vois bien que Coqueluchon l'emportera sur moi... Il a un génie à son service.

BABOLIN.

Et nous donc?

DANIEL.

Nous n'en avons pas.

CRI-CRI, sortant d'un sac de farine.

Tu te trompes, Daniel... vous avez le génie du foyer.

TROISIÈME TABLEAU.
Le Cri-Cri.

SCÈNE PREMIÈRE.
LES MÊMES, CRI-CRI.

DANIEL.

Ciel!.. que vois-je?

BABOLIN.

Qu'est-ce que c'est qu' ça?

DANIEL.

Pardon, génie... est-ce que tu viens à mon secours?

CRI-CRI.

Oui, je viens... à ton secours.

DANIEL.

Et tu es?..

CRI-CRI.

Le Cri-Cri.

Air de M. JOLY.
RONDEAU.
 Je suis le Cri-Cri,
 L'enfant chéri
 Du royaume
 De chaume, } (bis)
Du foyer qui t'a vu graⁿdir. (bis.)
 Je suis le souvenir. (bis.)
Je charme dans son pur berceau
L'enfant qui sourit et sommeille,
Et le mourant près du tombeau,
Parfois à ma voix se réveille.
 Je suis le Cri-Cri,
 L'enfant chéri,
 Du royaume
 De chaume, } (bis)
Du foyer qui t'a vu grandir; (bis.)
Je suis encore le souvenir. (bis.
Je puis enfin sauver aussi
Du désespoir et de l'abîme,
L'homme à qui j'apparais ainsi,
En lui rendant sa propre estime.
 Je suis le Cri-Cri,
 L'enfant chéri
 Du royaume
 De chaume, } (bis)
Du foyer qui t'a vu grandir; (bis.)
Je suis encore le souvenir. (bis.)

BABOLIN.

Bravo!.. Voilà qui est parlé!

DANIEL.

Je suis sauvé... Adorable petit génie, que dois-je faire pour réussir?

CRI-CRI.

En avoir la volonté... Cette volonté-là, appuyée sur le travail et sur la vertu, conduit à tout.

BABOLIN.

Qué dommage que ça n' soit pas assez de la vertu !

DANIEL.

Mais, pour vaincre le génie de mon rival, il me faudrait un talisman... Où sont les tiens ?

CRI-CRI.

Les miens ?

Air connu.

Mes talismans sont les bonnes pensées.
Du doux foyer je suis le souvenir...
Souviens-toi donc de ces heures passées
Près de ta mère ardente à te chérir.
Rappelle-toi la leçon salutaire
Que te donnait alors son cœur aimant,
Et pour trouver le bonheur sur la terre
Il ne te faut pas d'autre talisman. (bis.)

Ces bonnes pensées, ces bonnes fées qui soutiennent le pauvre et le font parvenir, je vais les intéresser à ton sort.

DANIEL.

Mais, Nina ?

CRI-CRI.

Elle t'attendra toujours, comme en ce moment.

DANIEL.

Elle m'attend donc ?

CRI-CRI.

Ingrat ! qui oublie que chaque soir elle se trouve à la fenêtre du moulin quand tu rentres du travail... Regarde !

QUATRIÈME TABLEAU.

L'amour au clair de lune.

Le fond du théâtre s'ouvre; on aperçoit le moulin.

SCÈNE PREMIÈRE.

DANIEL, CRI-CRI, BABOLIN, puis NINA, à la fenêtre du moulin.

DANIEL.

Le moulin !..

CRI-CRI.

Nina va venir : fais-lui tes adieux et pars chercher fortune.

BABOLIN.

Pour nous deux : j' vas faire mon paquet. (Il sort.)

CRI-CRI.

Au revoir, Daniel, et confiance. (Il disparaît.)

DANIEL.

Disparu !.. Je ne suis plus le même... J'ai foi dans l'avenir. (Nina paraît à la fenêtre du moulin.) Nina... c'est moi... j'ai voulu vous revoir avant mon départ pour vous confier mes espérances.

NINA.

Parlez bas... si l'on vous entendait...

DANIEL.

J'ai tant de choses à vous dire.

NINA.

Dame !.. si vous étiez auprès de moi...

DANIEL.

Je vais entrer.

NINA.

Et mon père qui pourrait revenir.

DANIEL.

Je ne demande qu'un an pour m'enrichir par mon travail... C'est ce temps-là qu'il faudrait obtenir : un bon génie me protége.

NINA.

Un génie !.. Vous me conterez cela ?

DANIEL.

Et je vous dirai ce qu'il faut faire.

NINA.

Revenez dans un instant... j'aurai la clef.

DANIEL.

Babolin !.. chut ! (Daniel sort. — Nina referme la fenêtre du moulin.)

SCÈNE II.

BABOLIN, seul.

J'ai fait mon paquet... trois bas et une chemise. Maintenant que j'ons un génie avec nous, j' sommes riches... C'est Margot qui va être attrapée... Je r'viendrai la r'voir à cheval avec des éperons... ça piquera son amour-propre... Si j' m'étais arraché les cheveux pour de vrai, pourtant... Faut jamais s' presser avec les femmes... Ah! mon Dieu! qui est-ce qui vient là... j'ai la berlue... elle... avec son chrysocale... Écoutons !

SCÈNE III.

LES MÊMES, MARGOT, QUIBUS.

QUIBUS.

C'est convenu, n'est-ce pas? Nina épouse Coqueluchon et je vous épouse.

MARGOT.

Vous êtes un enjoleur de filles, vous... On ne s'aperçoit pas tant seulement que l'heure passe quand on vous écoute. Bon ! v'là la nuit venue et je ne suis pas habillée pour le souper.

QUIBUS.

Qu'est-ce que cela fait ?

MARGOT.

Mon parrain va me gronder... c'est votre faute.

QUIBUS.

Je puis tout réparer.

MARGOT.

Réparer quoi ?

QUIBUS.

Votre toilette.

MARGOT.

Comme ça s'rait gentil de votre part.

QUIBUS.

Embrassez-moi.

MARGOT.

Ah !..

QUIBUS.

Ah !..

BABOLIN.

Ah !..

MARGOT.

Tiens, il y a de l'écho, ici... (A part.) C'est Babolin, le jaloux !

QUIBUS, à part.

Elle l'a vu... je la tiens.

MARGOT.

C'est-y ben vrai tout c' que vous m'avez dit?

QUIBUS.

Peut-être.

MARGOT.

Comment peut-être?... La fortune.... le bonheur, c'est ben gentil.

QUIBUS.

Vous ne voulez pas que je vous embrasse ?

MARGOT.

Si... si... tant que vous voudrez. (Elle l'embrasse, et à part.) Ça t'apprendra, curieux.

BABOLIN, à part.

C'est pas t-à croire.

QUIBUS, à part.

Allons donc... femme qu'on espionne... femme qui trompe. (Haut.) Je n'ai qu'une parole. (Il lui donne un morceau de son habit.)

MARGOT.

Vous déchirez votre habit?

QUIBUS.

C'est toute ma puissance.

MARGOT.

Qu'est-ce que vous voulez que j'en fasse ?

QUIBUS.

Autant de fois que vous le déchirez vous-même, autant de fois ce que vous désirerez s'accomplira.

MARGOT.

Tiens ! c'est ça qu'est drôle !...

QUIBUS.

Essayez.

MARGOT.

Essayons.

QUIBUS.

C'est fait. (Le costume de Margot s'est transformé.)

BABOLIN, à part.

Coquette !

MARGOT.

Et si je voulais changer Babolin ?..

QUIBUS.

Essayez.

MARGOT.

Ah! ma foi non... je garderai cela pour plus tard.

BABOLIN, à part.

Je suis t-aimé !

MARGOT.

Je vais retrouver mon parrain.

QUIBUS.

Il est déjà chez mon maître.

MARGOT.

Et le souper?..

QUIBUS.

On le mangera sans vous... à moins que...

MARGOT.

A moins que quoi? Dépêchons-nous.

QUIBUS.

Pourquoi nous dépêcher ?.. nous sommes arrivés.

MARGOT.

Comment arrivés?..

QUIBUS.

Déchirez... (Ici le changement.)

CINQUIÈME TABLEAU.
La Coqueluchonnière.
Le moulin se trouve changé en château fort.

SCÈNE PREMIÈRE.
QUIBUS, MARGOT, puis BABOLIN.

QUIBUS.

Vous le voyez... nous sommes au château de La Coqueluchonnière...

MARGOT.

Tout ça, c'est des magies... vous me faites peur!

QUIBUS.

Petite folle!.. devant le surnaturel les femmes ne s'effrayent jamais.

MARGOT.

Au fait, à quoi qu' ça servirait?

QUIBUS.

Votre bras... et entrons. (Ils entrent dans le château.)

BABOLIN, seul.

Sorcier... brigand... coquette... arrachez-vous donc les cheveux...

SCÈNE II.
BABOLIN, BRISEMICHE.

BRISEMICHE.

J'ai pas osé entrer sans Nina... Je reviens la chercher...

BABOLIN.

C'est pas t-à croire! (Il marche à reculons.)

BRISEMICHE, se cognant à reculons.

Faites donc attention, imbécile!

BABOLIN.

Maître Brisemiche!..

BRISEMICHE.

Ah! gredin! c'est toi?.. Ouvre la porte du moulin.

BABOLIN, riant.

Oh! oh! le moulin... il est envolé.

BRISEMICHE.

Comment envolé?

BABOLIN.

La Coqueluchonnière!.. je me serai trompé de route... Enfin, il n'est pas temps de reculer...

BRISEMICHE.

Précède-moi... derrière...

BABOLIN, à part.

Tiens, c'est une idée, ça... on soupera.

BRISEMICHE, frappant.

C'est moi, Brisemiche!

QUIBUS, ouvrant, en portier.

Entrez; et celui-là?..

BRISEMICHE.

Celui-là, c'est une canaille...

QUIBUS.

Alors, bonsoir. (Il referme la porte.)

BABOLIN.

Comment, bonsoir... et le souper? J' vas bat' la s'melle en attendant Daniel, car il est là-dedans, pour sûr.

SIXIÈME TABLEAU.
La toilette de Coqueluchon.
Un intérieur chez Coqueluchon.

SCÈNE PREMIÈRE.
DOMESTIQUES, MARMITONS, COIFFEURS, TAILLEURS, HABILLEURS,
COQUELUCHON.

CHŒUR, harcelant Coqueluchon.
Air de M. JOLY.

Monseigneur, Monseigneur,
Que faut-il faire
Qui puisse plaire;
Monseigneur, Monseigneur,
Qui puisse plaire
A votre honneur?

COQUELUCHON, en pet-en-l'air.

Quel empressement et quelle harmonie,
Comme l'on voit bien que j'ai le quibus;
Allons, mes enfants, il faut du génio,
Ce soir à souper Mars attend Vénus.
Allumez les plats... non les girandoles,
Frisez mes habits... non, non mes cheveux!
Passez-moi les bras dans mes casseroles...
Non, non... je veux dire... ah! que de paroles
Je ne sais plus ce que je veux.

REPRISE.

Monseigneur, Monseigneur, etc.

COQUELUCHON.

Ah! ah! silence... allez au diable, et faites tout ce que vous voudrez... Allez au diable! (Les domestiques sortent. — Seul.) Bon, me voilà seul, maintenant... en pet-en-l'air. Je parie que les coiffeurs sont à la cuisine et les marmitons dans la toilette. Comment faire? Pourvu que ma charmante future n'arrive pas encore... Ah! mon Dieu! qu'est-ce que je vois là?

SCÈNE II.
COQUELUCHON, NINA.

NINA.

Où suis-je, mon Dieu! Par quel miracle!... un homme!

COQUELUCHON.

Belle Nina... vous ne sauriez croire le bonheur... Ah! sapristi! sapristi!

NINA.

Monsieur, je vous en prie, dites-moi où je me trouve? J'étais au moulin... avec quelqu'un... voilà que tout à coup je me suis sentie transportée ici.

COQUELUCHON.

Sapristi!.. sapristi!.. tous mes avantages qui sont restés là-haut. C'est un tour de mon Quibus.

NINA.

Votre Quibus... je ne comprends pas.

COQUELUCHON.

Vous ne m'avez donc pas reconnu?

NINA.

Je ne sais pas qui vous êtes.

COQUELUCHON.

Coqueluchon de La Coqueluchonnière.

NINA.

Vous! (Riant.) Ah! ah! ah! ah! ah!

COQUELUCHON.

Elle rit... Margot a parlé.

NINA.

Vous?

COQUELUCHON.

Moi-même.

NINA.

Mais c'est impossible!.. quand je vous ai vu... vous aviez des cheveux, des jambes, des...

COQUELUCHON.

Des détails, des détails!.. je les aurai tout à l'heure. Mais, en attendant, sémillante Nina, je veux vous dire tout ce que mon cœur éprouve pour vous.
Air de M. JOLY.

Quand je vous vois, ô ma Ninette!
Je suis gai, je suis amoureux;
Je sens courir... ô ma brunette!
Un frisson sous mes noirs cheveux.

NINA.

Si vous aviez votre perruque
Je vous croirais sans travail;
Mais vous n'avez rien sur la nuque. (bis.)

COQUELUCHON.

C'est un détail. (bis.)
Je t'aime... Je suis prêt à tout pour obtenir ta main...
Quand devant moi tu cours dans l'herbe
Pour suivre au vol tes frais rubans,
Je sens que ma jambe superbe
Est une jambe de quinze ans.

NINA.

Si vous aviez sur votre jambe
Son ordinaire attirail,
Je vous croirais, mais le bois flambe. (bis.)

COQUELUCHON.

C'est un détail. (bis.)
Je te dis que tout cela est là-haut... Sapristi!.. sapristi!... Enfin, je suis riche, et je veux t'embrasser.

NINA.

Voulez-vous bien me laisser?.. Au secours!..

COQUELUCHON.

Nina! Ninetta!..

NINA.

Au secours!

SCÈNE III.
LES MÊMES, DANIEL.

DANIEL.

Nina, me voici.

NINA.

Daniel!..

COQUELUCHON.

Hein! quel est ce drôle?..

DANIEL.

Je ne souffrirai pas qu'un domestique insulte la fille de mon maître.

COQUELUCHON.

Un domestique, moi! Coqueluchon de La Coqueluchonnière!

DANIEL.

Coqueluchon! Venez, Nina.

COQUELUCHON.

C'est ce que nous allons voir...

BRISEMICHE, en dehors.

Ma fille est ici?.. mais c'est impossible!

NINA.

Mon père!..

SCÈNE IV.

Les mêmes, MARGOT, BRISEMICHE, DANIEL, puis QUIBUS.

COQUELUCHON.

Pardieu! vous arrivez à propos, mon beau-père, et je vous fais mon compliment.

BRISEMICHE.

Y a pas de quoi... Qué drôle d'habit d' cérémonie!

COQUELUCHON.

Vous m'aviez juré que votre fille était sage.

BRISEMICHE.

Je l' crois ben, que j' l'avons juré... Rien qu'à la r'garder, ça se voit. Daniel... ici !.. Seigneur Coqueluchon, vous avez invité là un drôle !

COQUELUCHON.

Comment, je l'ai invité!.. C'est fichtre bien votre fille qui l'a amené.

BRISEMICHE.

Toi, pendarde!..

DANIEL.

Non, maître Brisemiche, c'est le hasard; mais je le bénis, car je suis arrivé à temps pour empêcher de jolies choses.

COQUELUCHON.

C'est une calomnie!...

BRISEMICHE.

Le fait est qu'avec un habit comme ça... sauf votr' respect, c'est bien décolleté pour un jour de noce. Enfin, il est si riche...

COQUELUCHON.

Et ne voyez-vous pas que mes nombreux domestiques n'ont pas achevé ma toilette? Où diable sont-ils!.. Quibus! mes habits de cérémonie. (Il sort.)

BRISEMICHE.

A la bonne heure!.. en voilà un gendre qui s' fait servir. Quand tu seras sa femme, je veux m'habiller en musique, ça met de l'harmonie dans le costume, quoi... Eh bien... t'en iras-tu ?

DANIEL.

Non, maître Brisemiche, je ne puis croire encore à mon malheur. Vous ne pouvez pas donner votre fille....

BRISEMICHE.

A un homme qui s'habille en musique... pourquoi ça ?

DANIEL.

Parce qu'elle ne l'aime pas.

BRISEMICHE.

Ce n'est pas une raison.

DANIEL.

Mais elle m'aime!

BRISEMICHE.

As-tu des châteaux comme ça, toi ?

DANIEL.

Mais vous savez bien que non.

BRISEMICHE.

Alors... file!

NINA.

Mon père !...

BRISEMICHE.

File !

COQUELUCHON, entrant en habits de cérémonie.

Arrêtez, beau-père, je vais l'éblouir.

BRISEMICHE.

C'est-y toi qui t'habillerais jamais comme ça?

COQUELUCHON, ridiculement habillé.

; Laissez-moi faire, maître Brisemiche, on ne résiste pas à mes avantages. Nina, regardez-moi. (A Daniel.) Et toi, drôle, crève de dépit.

DANIEL ET NINA, riant.

Ah! ah! ah! ah!

BRISEMICHE.

J' m'en vais l' flanquer par la fenêtre.

COQUELUCHON.

Non, arrêtez, je veux qu'il enrage. Quibus, dis au notaire d'entrer. Nous allons signer le contrat, maître Brisemiche.

NINA.

Mon père !..

BRISEMICHE.

Nous allons parapher.

DANIEL, à part.

Voyons si Cri-Cri m'a bien inspiré.

SCÈNE V.

Les mêmes, UN NOTAIRE.

(Entrée comique.)

LE NOTAIRE.

Air de M. Joly.

Place au notaire!
Dans une affaire,
Avant tout, il faut faire
Place au notaire.

(A Coqueluchon.)

On m'a mandé?..

COQUELUCHON.

C'est pour un mariage
Qu'il faut célébrer à l'instant.

LE NOTAIRE, à Coqueluchon.

Assurez-vous un héritage,
Un héritage à votre enfant?

COQUELUCHON, parlé.

A mon enfant!

Suite de l'air.

C'est moi qui me marie.

LE NOTAIRE.

C'est vous, alors, c'est différent :
Cela change, cela varie ;
Combien apportez-vous d'argent?

REPRISE.

Place au notaire!
Dans une affaire,
Avant tout, il faut faire
Place au notaire, etc.

COQUELUCHON.

J'ai fait rédiger le contrat d'avance... Le voici.

NINA.

Vous le voulez, mon père?

COQUELUCHON.

Lisez, belle Nina, lisez... et si vous désirez autre chose...

DANIEL.

Enfin!

Tiens... la sans-gêne.

MARGOT.

COQUELUCHON.

Attention, Quibus, attention. Je vous jure, sur la tête de tous les La Coqueluchonnière, de vous donner ce que vous allez demander, mes moyens me le permettent.

DANIEL, à part.

Nous verrons bien.

NINA.

Je voudrais...

BRISEMICHE, au notaire.

Écrivez!

NINA.

Une corbeille de mariage.

COQUELUCHON.

Servez la corbeille.

NINA.

Oh! mais je la voudrais du métal le plus utile.

BRISEMICHE.

En or, c'est clair.

NINA.

Je veux aussi que ce métal provienne d'une mine exploitée pour la première fois.

COQUELUCHON.

Ah! bigre! tout exprès pour vous?

NINA.

Tout exprès pour moi... Je veux enfin que la corbeille renferme un bouquet des fleurs les plus précieuses... Voilà tout.

MARGOT.

C'est bien assez.

COQUELUCHON.

Tu as entendu, Quibus?

QUIBUS.

Oui, maître.

COQUELUCHON.

Donne-nous cela tout de suite.

QUIBUS.

Cela n'est pas aussi facile que vous croyez.

COQUELUCHON.

Comment drôle... tu n'es donc bon à rien?

QUIBUS, à part.

A rien... c'est ce que nous verrons. (Haut.) Vous aurez ce que vous demandez, belle Nina.

COQUELUCHON.

Faites attention que tout soit bien comme elle le désire, sans cela...

QUIBUS.

Soyez tranquille; mais il faut ici de la franchise.

CRI-CRI, paraissant en cri-cri.

De la franchise... qu'à cela ne tienne, la Sagesse prononcera.

SEPTIÈME TABLEAU.

La Sagesse.

SCÈNE PREMIÈRE.

Les mêmes, LA SAGESSE.

TOUS.

Cri Cri!.. La Sagesse! (Le fond s'ouvre, la Sagesse paraît.)

LA SAGESSE.

La Sagesse .. qui m'appelle?

CRI-CRI.

C'est moi, ma sœur, pour te confier ma protégée.

BRISEMICHE.

Qué que tout ça veut dire?

NINA.

Cela veut dire, mon père, que je ne veux pas vous désobéir. Vous voulez un gendre riche, il faut l'être pour me donner dans un an ce que je réclame du seigneur Coqueluchon, et ce que j'espère recevoir de Daniel.

COQUELUCHON.

C'est ce que nous verrons... mais en attendant...

NINA.

En attendant, je me mets sous la garde de la Sagesse; elle me reçoit dans son temple, où Margot va m'accompagner.

MARGOT.

Moi... chez la Sagesse?

QUIBUS, bas à Margot.

Acceptez.

MARGOT.

Tout d' même.

NINA.

Viens, Margot.

BRISEMICHE.

Je m'y oppose.

SCÈNE II.

DANIEL, CRI-CRI, COQUELUCHON, QUIBUS, BRISEMICHE.

COQUELUCHON.

Qu'est-ce que vous dites de ça, hein?

BRISEMICHE.

V'là ma fille envolée à c't' heure.

COQUELUCHON.

Qu'est-ce que tu dis de cela, Quibus?

QUIBUS.

Je dis que le génie du foyer prétend encore une fois me disputer le pouvoir; mais nous verrons s'il y parvient. Vous pouvez, grâce à moi, trouver la corbeille et les fleurs.

COQUELUCHON.

Où cela?

QUIBUS.

Suivez-moi.

COQUELUCHON, montrant Cri-Cri.

Mais cet insecte?

QUIBUS.

Nous l'écraserons.

CRI-CRI.

Essaye!..

BRISEMICHE.

Moi, j' m'en retourne au moulin.

COQUELUCHON.

Pas du tout, suivez-moi; je veux être sûr que vous ne donnerez pas votre fille à un autre.

BRISEMICHE.

Mais le moulin?

COQUELUCHON.

Je vous fais des rentes...

BRISEMICHE.

Oh! alors, il peut tourner tout seul.

COQUELUCHON.

Je suis Quibus... suivez-moi... suivons-nous tous.

BRISEMICHE.

C'est cela. (Il sort à la suite de Quibus et de Coqueluchon.)

SCÈNE III.

DANIEL, CRI-CRI.

CRI-CRI.

Eh bien! Daniel, as-tu compris?

DANIEL.

Oui, mon bon génie. C'est toi qui as inspiré Nina... cette corbeille, ces fleurs, je puis en un an les obtenir, si je marche dans la voie du travail et de l'honneur.

CRI-CRI.

C'est cela... Et tu te sens du courage?

DANIEL.

Air du *Forçat libéré.*

Oui, maintenant, Cri-Cri, j'ai du courage,
Et je suis sûr de vaincre, grâce à toi;
Le souvenir qu'évoque ton langage,
Du ciel qui s'ouvre est descendu vers moi.
Ma bonne mère, en souriant, répète
Les doux conseils, les leçons, d'autrefois.
Oh! je suis fort... car je prie et je crois...
L'espoir divin rayonne dans ma tête.
Sur le sentier du travail et d'amour
Je suis certain de triompher un jour. } (bis.)

CRI-CRI.

Bien, Daniel! il te faut un métal, un métal précieux, extrait d'une mine encore vierge. Traverse l'Océan. Dans les Indes, les entrailles de la terre renferment des richesses inconnues: c'est à l'homme de les découvrir.

DANIEL.

Comment partirai-je?

CRI-CRI.

Un vaisseau attend au rivage. Demain, à l'aube, il met à la voile.

DANIEL.

Oh! Nina, Nina!.. tu seras ma femme!...

CRI-CRI.

Viens, Daniel.

HUITIÈME TABLEAU.
Le départ des bonnes fées.

SCÈNE PREMIÈRE.

LA FÉE CROYANTE, LA FÉE DU DÉVOUEMENT, LA FÉE DU COURAGE, LA FÉE DU TRAVAIL, LA FÉE DE LA GÉNÉROSITÉ, LA FÉE DE LA PERSÉVÉRANCE, LA FÉE DE LA FIDÉLITÉ, QUIBUS. Les fées sont en costume de voyage.

CHŒUR.

Air : *Quel désespoir.*

Quel désespoir!
Il nous faut donc quitter la terre;
Quel désespoir !
Les hommes ne vont plus nous voir.

QUIBUS.

Un instant, un instant; ce chemin conduit, en effet, loin de la terre, et j'en suis le cantonnier. Mais qui êtes-vous, mes petites poulettes?

LE TRAVAIL.

Comment, ses poulettes! Je vous trouve gentil de traiter ainsi les bonnes fées.

QUIBUS.

Les bonnes fées !

TOUTES.

Oui, les bonnes fées.

QUIBUS.

Vraiment! (A part.) Ai-je bien fait de les décourager... quelle concurrence ! (Haut.) C'est bien vrai ce que vous me dites là ?

LA GÉNÉROSITÉ.

Les bonnes fées ne mentent jamais.

QUIBUS.

C'est juste... C'est que vous m'avez l'air de petites diablesses...

TOUTES.

Des diablesses !...

LA GÉNÉROSITÉ.

Ces coquins d'hommes sont capables de nous avoir transformées.

QUIBUS.

Ils en sont bien capables; vous les conduisez si rarement par ici, que j'ai fini par vous oublier tout à fait ! Otez-moi un peu ces capes de voyage. Comment te nommes-tu, toi, la blonde?

LA GÉNÉROSITÉ.

La Générosité.

QUIBUS.

Une sottise... pour les hommes... Et toi?

LA CROYANCE.

La Croyance.

QUIBUS.

Comme il y a longtemps qu'on ne t'a vue sur la terre? Et l'abeille?

LE TRAVAIL.

Je suis le Travail.

QUIBUS.

Je te reconnais, c'est toi qui enrichis les autres. Mais cette brune?

LE DÉVOUEMENT.

La fée du Dévouement.

QUIBUS.

Tu dis?...

LE DÉVOUEMENT.

Le Dévouement.

QUIBUS.

Ah! un nom hébreu... ça ne se prononce plus.

LE COURAGE.

Quant à moi, je suis le Courage.

QUIBUS.

Le Courage... mécontent... lui aussi... il est difficile .. passons... Et cette mine sévère... c'est?...

LA FIDÉLITÉ.

La Fidélité.

QUIBUS.

La Fidélité !... quel mot... cela s'écrit?

LA FIDÉLITÉ.

F, i.

QUIBUS.

Fi... c'est cela.

Comment?

LA FIDÉLITÉ.

Air :

Hélas! loin de la terre aussi
L'on me repousse, on me méprise.

QUIBUS.

De l'effroi que je montre ici,
Ma chère, ne sois pas surprise :
Depuis si longtemps je croyais
Bien morte la flamme fidèle.

LA FIDÉLITÉ.

Si bien alors que, sans regrets, } *(bis.)*
Tu me croyais morte avec elle ? }

TOUTES.

Si bien alors que, sans regrets,
Tu la croyais morte avec elle?

QUIBUS.

Mon Dieu, oui... Et toi la dernière?...

LA PERSÉVÉRANCE.

La Persévérance.

QUIBUS.

Rien que cela! Eh bien, ma petite, la vapeur a pris ta place;
c'est moins long... et ça chauffe davantage. Nous voilà donc
sans emploi, mes charmantes?

TOUTES.

Hélas! oui.

QUIBUS.

J'en suis enchanté! Continuez votre route; rentrez dans vos
palais. Je vais pouvoir prendre ma retraite... personne ne pas-
sera plus par ici; au revoir!

TOUTES.

Au revoir!

QUIBUS, à part.

Elles quittent la terre... Daniel est perdu. (Il sort.)

LE TRAVAIL.

Il a un drôle de rire, ce cantonnier-là.

LE DÉVOUEMENT.

C'est vrai! Ah! je suis fatiguée!

LA GÉNÉROSITÉ.

Et moi donc!

LA CROYANCE.

Si nous nous reposions un peu, cela leur donnerait peut-
être le temps de réfléchir.

LE TRAVAIL.

A qui, aux hommes? Que tu es crédule! Ils se sont moqué
de nous : les vertus, les vertueuses, disent-ils.

LA FIDÉLITÉ.

Alors, voyant que nous n'avons plus rien à faire sur la terre,
nous avons repris le chemin de nos palais, avec le bagage des
bonnes actions que nous avons inspirées depuis six mois.

LE DÉVOUEMENT.

Il n'est pas lourd notre bagage.

LA GÉNÉROSITÉ.

Pardonnons-leur à ces pauvres humains, ils se repentiront
bientôt de notre absence.

LE COURAGE.

Oh! toi, Générosité, tu pardonnes toujours.

LA PERSÉVÉRANCE.

Il faut abandonner les ingrats à leur sort.

LE TRAVAIL.

C'est cela; continuons notre route.

SCÈNE II.

LES MÊMES, CRI-CRI.

CRI-CRI.

Arrêtez!

TOUTES.

Cri-Cri!

CRI-CRI.

Oui, le génie du foyer, votre frère, qui vient vous reprocher
votre désertion.

TOUTES.

Ah! bah!

CRI-CRI.

Vous n'irez pas plus loin. C'est sur la terre qu'est votre place.

LA CROYANCE.

Les hommes ne veulent plus des bonnes fées.

LA FIDÉLITÉ.

Ils disent que nous sommes trop vieilles.

LE COURAGE.

Trop déplaisantes.

LA CROYANCE.

C'est vrai cela, je n'ai qu'à ouvrir la bouche pour que tous
ces vilains hommes se mettent à bâiller ou à rire.

CRI-CRI.

En es-tu bien sûre ?

LA CROYANCE.

Ils disent que je suis trop vieille, moi, la fée Croyante.

CRI-CRI.

Mensonge et injustice! ma jolie petite sœur. Seulement les
hommes t'ont rendu la vue... tu étais aveugle et tu vois maintenant. Et le Dévouement, de quoi se plaint-il?

LE DÉVOUEMENT.

On a oublié la Charité... L'Égoïsme et l'Indifférence ont tout
envahi.

CRI-CRI.

Voyez-vous cela!... Et la Fidélité?

LA FIDÉLITÉ.

Oh! quant à moi, c'est horrible!... Toutes les femmes
trompent leurs maris et tous les maris...

CRI-CRI.

Trompent leurs femmes... Mais tu es folle, vraiment. Te voilà
réduite à répéter les lieux communs des ennemis de l'Amour...
Je parie que le Courage va se plaindre aussi?

LE COURAGE.

Dame !

CRI-CRI.

Te plaindre!

Air connu.

L'oserais-tu, quand, à la voix fidèle,
Sous leurs drapeaux marchent de preux soldats,
Nobles sauveurs d'une terre immortelle
Où des aïeux ils ont suivi les pas? (bis.)
L'oserais-tu, lorsque le canon gronde
Pour annoncer le triomphe au pays?
Non; le Courage est encore de ce monde,
Et les drapeaux n'ont point été trahis. (bis)

LA PERSÉVÉRANCE.

Au fait, c'est vrai, le Courage n'a pas tant à se plaindre...
Mais, moi, la Persévérance!..

CRI-CRI.

Parlons-en! Est-ce que tu serais une paresseuse?

LA PERSÉVÉRANCE.

Comment ?.. la Persévérance!

CRI-CRI.

Regarde un peu du côté de la terre... Et toi aussi, mon beau
Travail, qui fais le mécontent. Les hommes ont transformé les
villes, ils ont réuni les deux mondes... et vous vous plaignez
d'eux!

LA GÉNÉROSITÉ.

Ils sont égoïstes.

CRI-CRI.

Voilà-t-il pas la Générosité qui s'en mêle!... Ah! c'est une
insurrection contre vous-mêmes.

LA CROYANCE.

C'est le Quibus qui nous a détrônées.

TOUTES.

Oui!... oui!

CRI-CRI.

Je vous dis que vous en avez..... cinq lettres, tout bonnement.

TOUTES.

Un démenti!...

CRI-CRI.

Oui... un démenti... Vous allez faire comme tous les niais de
la terre... vous allez croire que le monde n'est plus composé
que d'esclaves de Quibus... Écartez-les, et vous verrez les
hommes.

Air de M. Joly.

Je suis certain qu'au foyer de famille
La Foi toujours trouvera bon accueil;
Je suis certain qu'un pur espoir y brille,
Que le malheur d'un autre y met le deuil;
Je suis certain qu'au foyer l'on travaille,
Qu'on y connut toujours la Charité;
C'est du foyer qu'on vole à la bataille, } *(bis.)*
Et sa devise est la Fidélité. }

Ainsi donc, vous avez tort... tout à fait tort... et si vous continuez votre route, vous serez reçues là-haut... vous savez?...
dans un jeu de quilles.

LA GÉNÉROSITÉ.

Après tout, il a raison... C'est mal ce que nous avons fait.

LA CROYANCE.

Oui, très-mal.

CRI-CRI.

Que deviendront les infortunés dont vous étiez le seul
appui?

LE DÉVOUEMENT.

Ils sont si rares!

CRI-CRI.

C'est une raison de plus pour les soutenir quand même. Tenez, je vous ai arrêtées dans votre fuite pour vous prier d'être
utiles à un jeune homme.

TOUTES.

Un jeune homme?

CRI-CRI.

Ah! bonnes fées, mes sœurs, vous êtes un peu bien empres-
sées, quand il s'agit d'un jeune homme! Enfin, n'importe, c'est
dans la nature. Ce jeune homme a promis à sa fiancée un bouquet des fleurs les plus précieuses.

TOUTES.

Eh bien?

CRI-CRI.

N'êtes-vous pas les plus précieuses fleurs qu'on puisse offrir à sa fiancée?

LE TRAVAIL.

Le fait est que nous ne sommes pas mal du tout.

LE COURAGE.

On se damne pour des fées qui ne nous valent pas.

LA PERSÉVÉRANCE.

Il faut les obliger à nous regarder en face.

LA CROYANCE.

Ils ne résisteront plus.

CRI-CRI.

Certainement. Voilà comme je vous veux... un peu de coquetterie sied aux bonnes fées... Vous vous rendez à mes raisons? Vous vous donnerez à mon protégé?

TOUTES.

Oui! oui!

LA CROYANCE.

Dès qu'il nous aura méritées, nous serons à lui. A chaque bonne action, une récompense nouvelle.

TOUTES.

C'est cela.

CRI-CRI.

Reprenons le chemin de la terre, mes sœurs. La terre vaut, du reste, bien la peine qu'on y regarde à deux fois avant de la quitter.

TOUTES.

Nous te suivons!

CRI-CRI.

Air : *Fanfan la Tulipe.*

On n' doit pas douter d' la terre ;
Les hom's après tout sont bons;
Ceux qui disent le contraire
Ont oublié mes leçons.
Croyez-moi, retournons bien vite,
Retournons,
Mes sœurs, d'où nous venons.
Retournons là-bas
En pressant le pas ;
Oui, mes sœurs,
Chez les fleurs
J' vous invite.
En avant, partons bonnes fées,
En avant, mes sœurs, en avant.

(Elles sortent.)

NEUVIÈME TABLEAU.
Le torrent du Diable.

Un site pittoresque. — Rochers entre lesquels roule un torrent. — Pont sur le torrent. — Deux chemins : l'un désigné par un écriteau, sur lequel on lit : CHEMIN DU DEVOIR ; et l'autre : CHEMIN DU PLAISIR. — A droite, une auberge, devant laquelle se trouve une table et des chaises.

SCÈNE PREMIÈRE.
QUIBUS, LES GÉNIES DES TÉNÈBRES.

(Minuit sonne au lever du rideau.)

CHŒUR.

Air de M. JOLY.

Minuit!
Partout du silence,
Le farfadet s'élance
Et le sabat commence.
Minuit!

QUIBUS.

Esprits diaboliques
Qui suivez ma loi,
Êtres fantastiques,
Obéissez-moi.

QUIBUS.

Minuit! le monde est à nous, Esprits des ténèbres! mais, comme les loups ne se mangent pas entre eux, il est bien entendu que vous m'êtes tout dévoués.

LES ESPRITS.

Oui! oui!

QUIBUS.

C'est même pour cette raison que vous avez bien voulu prendre la forme humaine et que vous voilà devant moi, en esprits bien portants que vous êtes... Il est évident que si vous n'étiez pas ainsi, ça dégoûterait les hommes de se damner... Allons-au but. Je vous avouerai que je suis l'esclave d'un imbécile; c'est assez l'ordinaire des gens d'esprit. Nous luttons ensemble contre la Vertu, sous les traits d'un jeune campagnard et d'un niais, son ami, que je vous recommande particulièrement. Vous allez me faire l'amitié d'habiter ces rochers; de briser ce pont, sur lequel doivent passer nos adversaires. Il y a deux âmes à gagner; vous me ferez la remise. Vous n'avez pas besoin d'en savoir davantage; à l'œuvre; il est minuit.

REPRISE DU CHŒUR.

Minuit, etc.

QUIBUS, seul.

Allons, voilà mon maître victorieux sans avoir combattu... Je crains seulement qu'il ne s'avise de vouloir mettre le nez dans mon plan... Vraiment, c'est ennuyeux de servir un imbécile : ce n'est pas ma faute si le hasard l'a voulu ainsi... Mais Daniel et Babolin s'approchent; courons empêcher Coqueluchon de faire quelque sottise.

SCÈNE II.
BABOLIN, DANIEL.

BABOLIN.

Dites donc, ça n'est pas gai, gai, gai, ce petit pays-là !

DANIEL.

Qu'importe; il s'agit pour nous d'atteindre promptement le vaisseau qui doit nous conduire aux Indes.

BABOLIN.

J'ai un appétit!.. Je dois avoir une drôle de mine : voilà cinq heures que nous marchons dans l'espoir de souper.

DANIEL.

Nous souperons demain.

BABOLIN.

C'est ça, déjeunons tout d' suite.

DANIEL.

Où veux-tu déjeuner?

BABOLIN.

N'importe où. Tenez, une auberge!

DANIEL.

Ne vas-tu pas réveiller ces braves gens?

BABOLIN.

Comment! si j' vas les réveiller?.. Vous êtes bon là, vous! on voit bien que l'amour est nourrissant pour vous; quant à moi, ça m' creuse... un précipice, quoi !

DANIEL.

Nous serons en retard!

BABOLIN.

Allons donc! rien que le temps de manger un morceau su' l' pouce; un gigot à l'ail et deux liv' de pain. — Hé! là haut!

L'AUBERGISTE.

Allez au diable !

BABOLIN.

En v'là un mortel qu'a pas dû s' coucher sans souper.

DANIEL.

Tu le vois, tu frapperas inutilement. Continuons notre route.

BABOLIN.

Jamais!.. mon honneur est intéressé... Hé! hé! hé! là-haut! Quand je vous disais qu'on viendrait!

L'AUBERGISTE, ouvrant.

Qu'est-ce que vous voulez?

BABOLIN.

Trois biftecks pour deux.

L'AUBERGISTE.

A cette heure?

BABOLIN.

Oui, à cette heure.

L'AUBERGISTE.

Allez au diable! je ne puis rien vous servir.

DANIEL.

Mon brave homme, sommes-nous encore loin de la plage?

L'AUBERGISTE.

Dix bonnes lieues.

DANIEL.

Reposons-nous; nous repartirons à l'aube.

BABOLIN.

Eh bien! avec tout cela, me voilà toujours sans souper. Quelle existence!

QUIBUS.

Ah! tu veux souper? je vais te satisfaire. (La table.) Soupe maintenant.

BABOLIN.

Allons! puisqu'il le faut, je vais me coucher. (Il voit la table toute servie.) Oh ! il m'a servi, le brave homme! on lui en demande pour deux, et il en met pour quatre!

SCÈNE III.
BABOLIN, LES ESPRITS, L'AUBERGISTE.

BABOLIN.

O Amour!.. Oui, mais... il a oublié d' la salade!.. Me voilà donc loin de Margot! et c'est la Sagesse qui me la garde!.. c'est elle qui ne s'attendait pas à ça. Enfin, de temps en temps j' lui enverrai souhaiter le bonjour.

LES ESPRITS.

Bonjour !

BABOLIN.

Tiens! il y a de l'écho ici !.. ça m' tiendra compagnie. Tout seul on a l'air d'un cornichon.

LES ESPRITS.

Cornichon!

BABOLIN.

Dites donc, vous, les échos, ça n'est pas poli du tout.

DES ESPRITS.

Tou tou!

BABOLIN.

Nom d'un chien!.. c'est une mauvaise plaisanterie!

Air de M. Joly.

L'écho, pour être agréable,
Doit être poli. (bis.)
Répéter chaqu' mot aimable,
Me trouver joli. (bis.)
Mais, quand il nous mécanise,
C'est un propre à rien.

L'ÉCHO.

Propre à rien!

BABOLIN.

Il va m' faire dire une sottise,
Tu n'es qu'un vaurien!

L'ÉCHO.

Vaurien!

BABOLIN.

Oh! oh! j' vois la chose, il veut m'empêcher de combler mon amour quand j'ai là un creux... Ce que c'est que d'avoir faim à des heures pareilles!..

CHŒUR DES ESPRITS.

Minuit, etc.

BABOLIN.

C'est une succursale de l'enfer ce p'tit pays-là!.. Bon! du veau... Mais c'est la tête!.. et elle me regarde encore!.. Veux-tu bien finir?.. j' vas t' tirer l'oreille, va... et promptement... aïe! aïe! aïe! (Il prend la tête de la main droite. Une fois sorti du plat, le clown fait une cabriole.

LE CLOWN.

Serviteur de tout mon cœur! (Il se jette dans le torrent.)

BABOLIN.

Une tête de veau qui parle!.. c'est le diable!.. A moi!.. à moi!.. je suis mort! — Hé! l'aubergiste!

L'AUBERGISTE.

Ah çà! vous ne voulez pas nous laisser la paix?..

BABOLIN.

J' vas vous dire, c'est la tête de veau qui ma souhaité le bonjour, et qui a piqué une tête par-là.

L'AUBERGISTE.

Vous êtes fou.

BABOLIN.

Quand je vous dis que je l'ai prise par l'oreille.

L'AUBERGISTE.

Par l'oreille!..

BABOLIN.

Et qu'elle s'est révoltée, quoi!

L'AUBERGISTE.

Mais je ne vous ai rien servi.

BABOLIN.

Rien servi!.. et la tête?..

L'AUBERGISTE.

Vous l'avez perdue... Venez-vous... ou je vous laisse.

BABOLIN.

Que l' diable t'emporte, animal... C'était écrit, j'vas m' coucher sans souper. (Il rentre dans l'auberge.)

L'AUBERGISTE.

Ils vont dormir jusqu'à l'aube... Le drôle d'original! Rentrons.

SCÈNE IV.
QUIBUS, COQUELUCHON, BRISEMICHE.

BRISEMICHE.

Dites donc, Monseigneur, m'est avis que c'est rudement loin les Indes.

COQUELUCHON.

Reposez-vous un instant... C'est de la faute à Quibus.

QUIBUS.

Ma faute?

COQUELUCHON.

Oui, que diable, quand on a le quibus, on doit pouvoir passer partout en voiture, et mes équipages ont dû s'arrêter à l'entrée de cette gorge.

QUIBUS.

Il fallait penser à me commander une route il y a une heure.

COQUELUCHON.

Est-ce que je pensais à venir de ce côté!

QUIBUS.

Il fallait songer à ceux qui y viennent; vous m'employez toujours mal, voilà pourquoi je ne vous sers souvent à rien.

COQUELUCHON.

Tais-toi, tu es mon esclave.

QUIBUS.

Il vaudrait mieux que je fusse votre ami.

COQUELUCHON.

Veux-tu bien... non, tu as raison, j'ai besoin de toi. Qu'as-tu fait pour me délivrer de ce Daniel?

QUIBUS.

J'ai changé les écriteaux de ces deux routes. Celle-ci conduit maintenant à un précipice, Daniel et Babolin vont la prendre. L'autre que vous voyez...

BRISEMICHE.

La route du Plaisir.

COQUELUCHON.

La mienne... mes moyens me le permettent...

QUIBUS.

Conduit au rivage, où vous trouverez à vous embarquer pour les Indes.

COQUELUCHON.

C'est bien, j'aurai la corbeille.

QUIBUS.

Moi, je cours rejoindre Margot, qui me facilitera les moyens d'enlever Nina.

BRISEMICHE.

Enlever ma fille!..

QUIBUS.

Pour la conduire aux Indes, où le seigneur Coqueluchon lui assurera un sort de reine.

BRISEMICHE.

Dites donc, c'est fragile.

QUIBUS.

Fiez-vous à moi... Quant à vous, maître, je vous en supplie, soyez prudent... c'est bien cette route qu'il faut prendre.

COQUELUCHON.

Oui, la route du Plaisir.

BRISEMICHE.

En attendant, nous allons rendre visite à c't' auberge-là, n'est-ce pas?

QUIBUS.

Gardez-vous en bien, c'est l'auberge du Diable.

BRISEMICHE.

Queu diable d'auberge... moi qu'à une soif...

QUIBUS.

Surtout, suivez bien mes avis... dans deux heures, je vous rejoindrai. (Il disparaît.)

SCÈNE V.
BRISEMICHE, COQUELUCHON.

COQUELUCHON.

Je suis harassé! Moi, avec ma fortune, voyager à pied! C'est bon pour vous, mon beau-père. Je veux au moins m'asseoir un instant.

BRISEMICHE.

C'est ça, asseyons-nous... pas de ce côté... c'est l'auberge du Diable...

COQUELUCHON.

Où vous voudrez!.. Savez-vous que votre fille est un peu...

BRISEMICHE.

Tapageuse?.. Que voulez-vous, on les fait comme ça aujourd'hui...

COQUELUCHON.

Alors, c'est naturel. Du reste, ça me plaît... nous autres jeunes gens... il nous faut du vert pomme... je suis jeune et beau, mon cher Brisemiche...

BRISEMICHE.

Dame!.. il n' fait pas clair...

COQUELUCHON.

Aventurez-vous donc dans les rochers, à cette heure!.. et j'ai un sommeil...

BRISEMICHE.

Et moi donc... ah!

COQUELUCHON.

Bonsoir, Brisemiche!

BRISEMICHE.

Bonsoir, Monseigneur!..

COQUELUCHON.

Un millionnaire dormir à la belle étoile... comme c'est honorable pour le grand air! (Ils s'endorment, Cri-Cri paraît et chang... écriteaux de côté.)

SCÈNE VI.
LES MÊMES, endormis, CRI-CRI, puis DANIEL, et BABOLIN.

CRI-CRI.

A nous deux, Quibus. J'ai endormi tes protégés, je rév... les miens. Ils viennent... Feux follets, mes cousins, un peu... lumière, s'il vous plaît. (Des feux follets courent entre les rochers.)

DANIEL, sortant de l'auberge avec Babolin.

Je te dis, Babolin, qu'il est temps de repartir.

BABOLIN.

Sans déjeuner?

DANIEL.

Tu as mangé toute la nuit.

BABOLIN.

Quand je vous dis que la tête de veau... Tiens, Cri-Cri...

DANIEL.

Mon protecteur!..

CRI-CRI.

Tes ennemis sont endormis... choisis entre ces deux routes et pars.

BABOLIN.

Sans déjeuner !.. Décidément, je regrette Margot.

DANIEL.

Cette route est la nôtre...

CRI-CRI.

Bien, Daniel... celle du Devoir; tu as raison... l'autre conduit à ce pont que le poids d'un homme peut briser, et tes ennemis vont la prendre.

DANIEL.

Merci !.. Viens, Babolin.

BABOLIN.

Nous y déjeunerons t-y?

DANIEL.

Nous y dînerons. (Ils disparaissent.)

CRI-CRI.

Comment, je me serais trompé sur Daniel ; il sait que ses adversaires vont mourir et il n'a pas eu un moment de pitié !.. Mes fées, mes sœurs, auraient-elles raison?.. Qu'importe, que la destinée s'accomplisse ! (Il fait un signe, Brisemiche et Coqueluchon s'éveillent sans voir Cri-Cri.)

BRISEMICHE, voyant les feux follets.

Tiens, des lumières !..

COQUELUCHON.

Allumées par mes vassaux, sans doute; partons.

BRISEMICHE.

Ah çà! dites donc, les Indes, est-ce que c'est loin de Montmartre.

COQUELUCHON.

De Montmartre !.. Vous n'y pensez pas... c'est dans l'autre monde.

BRISEMICHE.

Dans l'autre monde !.. Allez-y tout seul.

COQUELUCHON.

Vous ne comprenez pas. Je dis qu'il y a la mer à traverser.

BRISEMICHE.

La mère... comme si ce n'était pas assez d'avoir connu celle de Nina.

COQUELUCHON.

Venez... ou je vous abandonne.

BRISEMICHE.

Il n'y a pas à dire, faut marcher : c'est égal, si ça dépasse Montargis, je ne vais pas plus loin.

COQUELUCHON.

Chemin du Devoir... c'est l'autre.

BRISEMICHE.

Non, je vous jure que vot' Quibus nous a montré c't'i-là.

COQUELUCHON.

Un Coqueluchon travailler !.. ça ne se peut pas. Venez par ici.

BRISEMICHE.

Après tout, on est riche ou on ne l'est pas... je ne connais qu' ça, moi ! (Ils prennent la route du pont.)

CRI-CRI.

Et allez donc! Que vois-je !.. Daniel revient... Ah! mes sœurs... les fées... j'avais raison. (Il disparaît.)

SCÈNE VII.

DANIEL, BABOLIN, puis TOUS LES ESPRITS.

DANIEL.

Je n'avais pas réfléchi, Babolin.

BABOLIN.

Moi, ça m'a tout de suite sauté aux yeux.

DANIEL.

Et tu ne me l'as pas dit?

BABOLIN.

Pas si godiche !

DANIEL.

Les malheureux sont partis... ils vont mourir !.. Oh ! il faut les empêcher d'arriver à ce pont.

LA VOIX DE COQUELUCHON, près du pont.

Venez, mon beau-père.

DANIEL.

Les voici... Arrêtez !.. (Le pont se brise. Coqueluchon tombe dans le torrent.) Oh ! je les sauverai ! (Il se jette dans le torrent.)

BRISEMICHE.

Bon! le v'là dans le bouillon... Quel malheur que je ne sache pas nager !.. Ma fille est veuve ! (Tous les rochers s'animent.) Qué qu' c'est qu' ça ?

BABOLIN.

Au secours !.. au secours ! (Changement.)

DIXIÈME TABLEAU.
L'enlèvement de Nina.

SCÈNE PREMIÈRE.
L'AMOUR, MARGOT.

L'AMOUR.

Elles me chassent toutes, sous prétexte que le monde les re-

garde. Des hypocrites qui veulent passer pour sages... et pourtant...

Air : C'est l'amour.

C'est l'amour, l'amour, l'amour,
Qui rend le volage
Sage,
C'est l'amour, l'amour, l'amour
Qui calme l'âme un jour.
C'est injustement qu'on m'accuse
De troubler l'esprit des humains;
Le monde, qui sur moi s'abuse,
Reçoit le bonheur de mes mains.
Je ne suis pas frivole,
Comme on le croit encor,
Et, si ma tête est folle,
Mon cœur est toujours d'or.
C'est l'amour, l'amour, l'amour, etc.

Grâce à moi, la femme ne peut être trompée, car je lui inspire le respect d'elle-même. La femme qui aime sincèrement reste fidèle et pure. Mon ami Cri-Cri a pensé que la Sagesse suffisait pour protéger Nina ; moi je pense que l'Amour n'eût point été de trop. Margot vient : encore une de celles que je protégerai contre elle-même. (Il sort.)

MARGOT, entrant.

C'est-il ennuyeux la Sagesse,
Ça fait bâiller tout l' long du jour.
C'est bon encor pour la vieillesse :
A la jeunesse il faut l'Amour.
Du matin au soir la quenouille
Et le fuseau, sans nous parler.
Ma main s' fatig', ma langue se rouille,
C'est autrement que j' veux filer.
C'est-il ennuyeux la Sagesse
Ça fait bâiller tout l' long du jour, etc.

C'est moi qu'a fait une bêtise de suivre Nina ici ; j'aimais mille fois mieux l' moulin, avec mon gros bêtas d'amoureux que je faisais tourner à ma guise... V'là pas vingt-quatre heures que j' suis dans c'te maison, je m'y ennuie... Oh ! que je m'y ennuie donc !.. Si Quibus tenait sa parole, seulement ! Il a eu ses raisons pour me conseiller d'accompagner Nina. Quibus... un bel homme tout d' même... oui, mais j'ose pas l' talocher... et puis y vous a un sourire... j' le gagnons toujours... Mais, au fait, j'ai mon talisman... Il ne m'en reste qu'un tout petit morceau... tant pis ! (Elle déchire le talisman.)

SCÈNE II.

MARGOT, QUIBUS, paraissant sur le balcon d'une fenêtre.

QUIBUS.

Bonjour, Margot.

MARGOT.

Vous ici ? quelle horreur !

QUIBUS.

Ne m'avez-vous pas appelé ?

MARGOT.

Moi ?..

QUIBUS.

Vous êtes comme toutes les femmes, mon cœur.

MARGOT.

Eh ben !.. après?

QUIBUS.

Après ?.. Vous êtes ravissante et je vous enlève.

MARGOT.

C'est ce que nous verrons.

QUIBUS.

C'est tout vu... Non, non... je n'ai rien dit : vous seriez capable de rester à la chaîne par contrariété... c'est très-femme.

MARGOT.

Je le ferai...

QUIBUS.

Aimez-vous la toilette, Margot?

MARGOT.

Quelle demande !.. vous le savez bien.

Air de M. JOLY.

Si j'aim' la toilette !
Demandez-moi donc
Si la fleur coquette
Fuit le papillon.
Les fleurs et les femmes
Ont le même cœur,
Ont les mêmes flammes,
La femme et la fleur.
Toujours, sur la terre, } (bis.)
Coquette et légère
La femme sera.
Tra, la, la, la.

QUIBUS.

Le repos, la fortune et le plaisir, les dîners magnifiques, les fêtes continuelles... tout ce qui rend heureux, tout ce que je donne... moi, le Quibus?

MARGOT.

Ah! tenez, vous me faites des questions... ça me change

tout à fait, quoi !... J'ai la tête qui me brûle... Si j'aime le plaisir, la danse!... je le crois bien que je les aime !...

DEUXIÈME COUPLET.

Si je suis volage!
Demandez-moi donc
S'il regrett' la cage
L'oiseau du buisson ?
Les oiseaux, les femmes,
Aussi le fruit nouveau,
Ont les mêmes âmes
La femme et l'oiseau.
Toujours, sur la terre,
Coquette et légère (*bis*.)
La femme sera.
Trã, la, lã, la.

REPRISE ENSEMBLE.

Tra, la, la, la, la.
(Il danse sur le refrain.)

Ouf! je n'en puis plus... on en mourrait sans s'en apercevoir de la danse... Mais qué qu' vous me faites dire et faire, mon Dieu!

QUIBUS.

Partons!

MARGOT.

Sans Nina? jamais!...

QUIBUS.

Eh bien! emmenons Nina.

MARGOT.

Elle ne voudra pas.

QUIBUS.

Laisse-moi faire, elle nous suivra. Voilà comme on s'y prenait il y a dix ans. (Invocation.) « Au nom de mon pouvoir, jeune fille amoureuse, approchez-vous, approchez-vous ! » Rassure-toi, aujourd'hui, le fluide suffit... Elle vient.

SCÈNE III.

LES MÊMES, NINA.

NINA, filant.

Margot ! Quibus !

MARGOT.

Dame! je ne sais pas...

QUIBUS.

Un ami de Daniel.

NINA.

Vous l'esclave de Coqueluchon !

QUIBUS.

Raison de plus... notre ennemi, c'est notre maître.

MARGOT.

Ça, c'est ben sûr!

QUIBUS.

J'ai appris que Coqueluchon a formé le projet de trahir sa promesse et de vous enlever ce soir.

NINA.

La Sagesse me défendra.

MARGOT.

Oh ! oh !

QUIBUS.

Elle a bien autre chose à faire...

NINA.

Et Daniel?...

QUIBUS.

Daniel vous attend pour vous protéger.

NINA.

Vous me trompez!...

QUIBUS.

Et la meilleure preuve, c'est qu'il a refusé les offres d'une riche et jolie femme qui ce matin voulait l'épouser...

NINA.

Il y a une femme près de lui?

QUIBUS.

Très-près de lui.

MARGOT.

Qu'est-ce qu'il lui dit donc ?

NINA.

Il pourrait m'oublier pour elle?

QUIBUS.

Ça c'est vu quelquefois... tous les jours.

NINA.

Margot, il faut partir.

MARGOT.

Dame !...

QUIBUS.

A moins que vous n'attendiez Coqueluchon?

NINA.

Jamais. Nous sommes enfermées !

QUIBUS.

Allons donc, regardez. (Le fond s'ouvre.) Vous voyez que l'enfer vous protège.

NINA.

Viens, Margot.

MARGOT.

Ah! Quibus!

QUIBUS.

Tais-toi, friponne.

MARGOT.

Tant pis... on s'ennuie trop ici! (Ils sortent.)

SCÈNE IV.

L'AMOUR, CRI-CRI.

CRI-CRI.

Partis... et je n'ai pu m'opposer à leur départ!... Fiez-vous donc à la Sagesse pour garder les filles? A qui m'adresser pour protéger Nina?

L'AMOUR.

A moi.

CRI-CRI.

L'Amour !

L'AMOUR.

Oui ; je ne suis pas comme la Sagesse, je défends les gens malgré eux : je suis une passion...

CRI-CRI.

Mais que dira la Sagesse?

L'AMOUR.

Elle est occupée avec ses cousins, qu'elle prend au collet pour les retenir.

CRI-CRI.

Tu es méchant. Il faut que Nina ne puisse être reconnue de Daniel si elle se trouve sur sa route. C'est sa punition.

L'AMOUR.

Oui, mais cela ne fait pas mon compte.

CRI-CRI.

Ah! tu voudrais...

L'AMOUR.

Ma foi ! non... une fois n'est pas coutume. Et, du reste, l'Amour n'est pas aussi diable qu'il en a l'air.

CRI-CRI.

Tu tiendras ta promesse ?

L'AMOUR.

Le temps de faire enrager deux ou trois pimbêches, et je cours sur les traces de Nina.

CRI-CRI.

Moi, je vais sauver Daniel. (Changement.)

ONZIÈME TABLEAU.

Les pirates.

Le théâtre représente une ruine habitée par des pirates.

SCÈNE PREMIÈRE.

LE CHEF DES PIRATES, PIRATES, MOUSSES.

(Au lever du rideau, les pirates entrent en scène avec des fardeaux ; ils forment ensuite divers groupes, se versent à boire, et commencent à fumer. — Demi-nuit.)

CHŒUR DE M. JOLY.

Vive la joie et le butin!
Des pirates c'est le refrain ;
Vive la femme et le bon vin!
Buvons, buvons jusqu'à demain.
Vive le vin !

LE CHEF.

C'est cela, mes amis... après la victoire la fête : à la santé du *Valentement* !...

TOUS.

A sa santé...

PREMIER PIRATE.

Dites donc, capitaine, c'est un drôle de nom que vous avez donné là à notre navire... le *Valentement*?

QUELQUES-UNS.

En effet...

LE CHEF.

Vous ne comprenez donc pas que ce nom nous protège. Si nous entrons dans un port, on se met à rire en le lisant sur l'avant de notre navire, et l'on ne se doute pas que la veille nous avons mis sur les dents tous les plus fins voiliers.

TOUS.

Oui !... oui !... bravo !...

DEUXIÈME PIRATE.

Comme cette nuit, par exemple... Après notre victoire, un trois-mâts s'avise de mettre le cap sur nous...

LE CHEF.

Deux heures après, il nous perdait de vue, et nous jetions l'ancre dans la baie voisine, pour faire ici le partage de notre prise !...

PREMIER PIRATE.

Et compter les femmes dont nous nous sommes emp'rées.

DEUXIÈME PIRATE.

En voilà une chance !... tomber sur une troupe de danseuses qui s'en allaient à Naples pour le carnaval.

LE CHEF.

Nous allons savoir si les Napolitains en auraient eu pour leur argent... Qu'on les amène...

TOUS.

Oui... oui...

PREMIER PIRATE.

Allons!... allons, mes sirènes... pas de larmes... Vous n'y perdrez rien... (On a amené les femmes. — Ballet.)

SCÈNE II.

LES MÊMES, BRISEMICHE, BABOLIN.

DEUXIÈME PIRATE.

Capitaine! capitaine! deux inconnus qu'on amène.

TOUS.

Des inconnus?...

BRISEMICHE.

Lâchez-moi, je suis un honnête homme...

BABOLIN.

Et moi aussi...

LE CAPITAINE.

Des honnêtes gens!... Qu'on les pende...

BRISEMICHE.

Arrêtez... je me flattais... Entre nous... je ne vaux pas grand'chose!..

BABOLIN.

Ni moi non plus!..

BRISEMICHE.

Une vraie canaille, quoi...

LE CAPITAINE.

C'est différent. D'où venez-vous?

BABOLIN.

J' vas vous dire... la tête de veau s'est mise à danser.

BRISEMICHE.

Mon gendre a piqué une tête!...

BABOLIN.

Et Daniel est allé les repêcher...

BRISEMICHE.

C'est clair, hein?...

TOUS.

Ils sont fous.

LE CAPITAINE.

Allons, allons, je vois ce que c'est, vous avez voulu faire connaissance avec nous... vous êtes des nôtres...

BRISEMICHE.

Impossible!.. on m'attend aux Indes pour déjeuner demain matin... Gardez c't-i-là!...

BABOLIN.

Eh! dites donc... j'ai une course à faire...

LE CAPITAINE.

Alors vous nous méprisez?...

BRISEMICHE.

Moi!... Peut-on dire... des gens qu'ont des poignards... c'est-à-dire que j'vous estimons... si vous me disiez par où qu'il faut prendre pour regagner mon moulin?...

PREMIER PIRATE.

Voulez-vous bien...

LE CAPITAINE.

Une fois parmi nous, on y reste... donnez-leur des armes!

BABOLIN.

Des armes!

BRISEMICHE.

Pour de vrai?

LE CAPITAINE.

Vous allez faire sentinelle pendant que mes hommes prendront un peu de repos... Si vous avez le malheur de fuir... Je ne vous en dis pas davantage...

BRISEMICHE.

Y en a suffisamment. (Les pirates se couchent et s'endorment.) Eh bien! Babolin?

BABOLIN.

Eh bien! patron?

BRISEMICHE.

Comme c'est avantageux d'avoir une fille à marier...

BABOLIN.

Ne m'en parlez pas!.. Vous n'auriez pas du jambonneau?..

BRISEMICHE.

Et mon gendre qui boit toujours!...

BABOLIN.

Est-il heureux!... Ah çà! queu qu'nous ferions de ça si on nous attaquait?

BRISEMICHE.

De ça?... Mais c'est une chandelle que ta réflexion, ça m'illumine... As-tu entendu parler d'un nommé Samson?

BABOLIN.

Jamais!

BRISEMICHE.

Tu n'es qu'une mâchoire... Samson, c'est un Espagnol né en Portugal qui a tué dans une minute un régiment d'infanterie avec une baïonnette!... Tu es jeune... tu es... Je t'aiderai de mes prières.

BABOLIN.

Vous voulez?..

BRISEMICHE.

Sans doute...

BABOLIN.

Il est bon là, le patron... A vous l'honneur.

BRISEMICHE.

Queu feignant! mon Dieu!... queu feignant!... Ouf!... du bruit!..

BABOLIN.

Au secours!

TOUS, les réveillant.

Qu'est-ce que c'est que cela?.. Aux armes!!...

SCÈNE III.

LES MÊMES, COQUELUCHON, puis QUIBUS.

COQUELUCHON, tout mouillé, du fond.

Bonjour, la compagnie... Ne vous dérangez pas...

BRISEMICHE.

Mon gendre!...

BABOLIN.

Coqueluchon!

TOUS.

Encore un!

LE CAPITAINE.

Qu'on s'en empare.

COQUELUCHON.

Enfin, vous voilà, mon beau-père. Je vous remercie de votre dévouement.

BRISEMICHE.

Y a pas de quoi.

COQUELUCHON.

C'est égal, je vous revaudrai cela... Messieurs, je vous ai souhaité le bonjour... c'est vrai, mais ça n'est pas une raison...

LE CAPITAINE.

Qui êtes-vous?

COQUELUCHON.

Je comprends.... aussi mouillé que ça; j'ai besoin de décliner... Je suis Coqueluchon... le Riche...

TOUS.

Le Riche!... Bravo!

LE CAPITAINE.

Et vous connaissez ces deux hommes?...

COQUELUCHON.

J'en réponds...

LE CAPITAINE.

Qu'on ait pour eux les plus grands égards!...

COQUELUCHON.

Vous le voyez, beau-père, je n'ai qu'à me nommer!

LE CAPITAINE.

Monsieur, veuillez me donner cent mille écus, s'il vous plaît.

COQUELUCHON.

Cent mille écus!... je le trouve jovial... J'ai mes pauvres!...

LE CAPITAINE.

Ah çà! mais, vous ignorez donc qui nous sommes?...

COQUELUCHON.

Complétement...

TOUS.

Nous sommes des pirates!...

BRISEMICHE.

De braves gens...

COQUELUCHON.

Des pirates!... mais nous sommes flambés!... A propos... et mon Quibus?...

TOUS.

Quibus!

COQUELUCHON.

A moi, mon ami!...

QUIBUS.

Me voilà, maître!

TOUS.

Vive Quibus!...

COQUELUCHON.

Tu les connais?... Je te fais mon compliment!

COQUELUCHON.

Je vais vous tirer de leurs mains... Tenez, mes amis.

TOUS.

Voyons, comptons...

BRISEMICHE.

Et ma fille?...

QUIBUS.

Vous n'étiez avec moi ni l'un ni l'autre, j'ai réussi...

COQUELUCHON.

Partons...

BRISEMICHE.

Mouillé comme vous l'êtes?

COQUELUCHON.

Je brûle d'amour... ça me séchera... aux Indes...

LE CAPITAINE.

Aux Indes, Monseigneur?.. qu'à cela ne tienne... nous avons là un vaisseau qui va vous y conduire...

COQUELUCHON.

J'accepte... (A Quibus.) Mais où est Daniel ?

QUIBUS.

Daniel est à bord d'un bâtiment qui va lever l'ancre dans une seconde...

COQUELUCHON.

Où cela ?

QUIBUS.

Derrière ces ruines...

COQUELUCHON.

Mais il me devancera, alors...

QUIBUS.

Soyez tranquille... tout est arrangé...

BABOLIN, à part.

Daniel par ici !... Je me sauve le rejoindre. (Il sort.)

COQUELUCHON.

Partons donc...

BRISEMICHE.

Ah çà ! il est sûr, vot' navire ?

LE CAPITAINE.

Une vraie jeune fille pour la coquetterie, le Valentement.

COQUELUCHON.

Le Valentement !..

BRISEMICHE.

C'est mon affaire....

LE CAPITAINE.

Au rivage !

TOUS.

Au rivage !..

CHŒUR.

Vive la joie et le butin ! etc.

DOUZIÈME TABLEAU.
Le vaisseau.

La ruine disparaît. — La mer. — Un vaisseau à l'ancre. — Côte praticable à droite, à gauche et au premier plan. — Il fait nuit.

SCÈNE PREMIÈRE.

DANIEL, BOBOLIN, PIRATES, LE CAPITAINE DES PIRATES.

DANIEL.

Nous sommes à bord... Adieu, Europe, quand nous te reverrons le travail nous aura fait riches...

BABOLIN.

Oui, le travail... de Daniel... Eh ! dites donc... v'là qu' ça remue... j' vas avoir le mal de mer...

DANIEL.

Tu n'as rien à craindre après ton souper de cette nuit...

BABOLIN.

En v'là une atroce plaisanterie !..

LE CAPITAINE.

Ohé ! larguez les voiles... larguez...

BABOLIN.

V'là du grabuge...

LE CAPITAINE.

Les passagers dans les cabines... Tout l'équipage sur le pont. (Manœuvres.)

TREIZIÈME TABLEAU.
La tempête.

Une horrible tempête éclate. — Les vagues grossissent. — Le vaisseau s'engloutit.

QUATORZIÈME TABLEAU.
La pleine mer.

Les vagues reprennent leur tranquillité.

QUINZIÈME TABLEAU.
Les sirènes.

Des sirènes se jouent sur les flots. — Une conque sort de la mer soutenue par des tritons. — Daniel et Babolin y sont endormis aux pieds de Cri-Cri et de la Croyance.

ACTE DEUXIÈME.
SEIZIÈME TABLEAU.
La forêt vierge.

Une forêt indienne dans toute la richesse des végétations asiatiques. — Au fond, un fleuve serpentant indéfiniment sous d'immenses arbres.

SCÈNE PREMIÈRE.

BOBOLIN et DANIEL sont étendus à l'ombre des arbres de la rive, CRI-CRI et LA CROYANCE sur la conque, entourés de sirènes.

(La conque du douzième tableau glisse sur le fleuve.)

CRI-CRI.

Merci, ma sœur ; tu dois commencer à croire qu'il te restait quelque chose à faire ici-bas.

LA CROYANCE.

Certainement, Cri-Cri, ne me restât-il qu'à justifier le proverbe : C'est la Croyance qui sauve !..

CRI-CRI.

Mes protégés en savent quelque chose. Daniel a cru et sa tempête a été impuissante... mais ils vont se réveiller. Laissons faire la Providence.

SCÈNE II.

DANIEL, BABOLIN.

BABOLIN, se croyant au fond de la mer.

Ah ! sapristi... Vilain poisson... veux-tu bien me lâcher ?.. Ouf !..

DANIEL.

Où suis-je ?.. Babolin !..

BABOLIN.

Daniel... Figurez-vous que la baleine était à mes trousses... Il doit m' manquer queuqu' chose...

DANIEL.

Nous sommes à terre, nous sommes sauvés...

BABOLIN.

C'est pourtant vrai !.. J'ai rien d'endommagé !

DANIEL.

Quel peut être ce pays ?

BABOLIN.

Je n'y vois pas d'auberge,... c'est un pays sauvage.

DANIEL.

Oh ! je me souviens... le navire, la tempête, j'ai invoqué notre protecteur...

BOBOLIN.

Et j'avons bu à la grande tasse... Me v'là propre au moins pour un an.

DANIEL.

Nina sans doute priait pour nous.

BABOLIN.

Et Margot donc !.. C'est égal, il était temps... le poisson entamait...

DANIEL.

Tu as rêvé...

BABOLIN.

M'est avis que je rêve encore... v'là un territoire qu'a pas l'air pavé d' nos semblables... et à l'heure du dîner, ça doit être désagréable... Des arbres... des prairies... comme c'est beau ; mais pas nourrissant ! J'aime les paysages, moi, mais quand ils sont peuplés d' cabarets.

DANIEL.

Espère !

BABOLIN.

Espère... Celui qui a inventé c' mot-là n'avait pas jeûné huit jours.

DANIEL.

On trouve partout de quoi vivre.

BABOLIN.

Partout où il y a des casseroles.

DANIEL.

Nous mangerons, s'il le faut, des racines.

BABOLIN.

Des racines !.. C'est ça qu'est succulent... Pourquoi pas des feuilles... Pouah !.. qu' c'est amer... du vrai chicotin.

DANIEL.

Silence ! le feuillage s'agite de ce côté.

BABOLIN.

Si c'était un bœuf à la mode ?

DANIEL.

C'est un naturel...

BABOLIN.

Un bœuf naturel !.. c'est la même chose.

DANIEL.

Eh ! non, imbécile, c'est une sauvage... plusieurs sauvages.

BABOLIN.

Bigre !

DANIEL.

En nous cachant sous ces arbres, nous saurons bientôt à quoi nous en tenir.

BABOLIN.

Nous cacher ? Jamais ! Sauvons-nous...

DANIEL.

Veux-tu bien... (Ils se cachent.)

SCÈNE III.

MIRLIFICHE, GARDES.

(Mirlifiche entre suivi de gardes rangés sur un plan, et mesurant ses pas sur les siens. Il est pensif.)

CHŒUR.

Air de M. JOLY.

Avançons !
Avançons
D'un pas intrépide !
Un héros nous guide,
Avançons. (bis.)

MIRLIFICHE.

Avançons... avançons... halte! Ne voyez-vous pas que je suis désolé? Moi, un héros, comme vous le dites avec raison, et comme j'ai la modestie d'en convenir, je suis de plus en plus exposé à des désagréments affreux... Mon aimable maître m'a menacé de me faire pendre, si le moindre étranger pénètre dans son royaume... C'est original ça, n'est-ce pas?

TOUS.

Oui... c'est original.

MIRLIFICHE.

Comment! malheureux! vous osez traiter votre souverain d'original?

UN GARDE.

Mais, c'est vous!..

MIRLIFICHE.

Moi, c'est différent; j'ai toute sa confiance... D'un autre côté, la princesse Brisetout me menace de justifier son nom sur mes illustres omoplates, si je ne lui fournis pas un étranger dans la huitaine. En voilà un désir cocasse?..

TOUS, riant.

Ah! ah! ah!..

MIRLIFICHE.

Vous riez?.. mais, en vérité, on n'a plus le moindre respect pour ses supérieurs à la cour de Baluchon l'Invincible; tout est bouleversé depuis que notre roi, c'est-à-dire que notre reine a mis au monde une fille!.. C'est une aventure un peu jaune, vous la connaissez tous; eh bien, il est certain que la naissance de notre princesse coïncide avec l'arrivée ici d'un certain docteur étranger... (Les gardes se sont rapprochés.) Qu'est-ce/à dire? est-ce que vous oseriez m'écouter?.. Je ne suis pas ici pour vous faire des confidences... je ne fais pas de confidences... je suis discret. (Confidentiellement.) Depuis cette époque, notre gracieux souverain a des moments... Dieu de Dieu! les drôles de moments!.. le mot d'étranger le fait tressaillir. Il adore la petite Blanche, et fait tout pour lui plaire; mais la petite Blanche est un diable que rien ne contente; sous prétexte qu'elle s'ennuie, elle brise tout... heureux encore quand elle ne le brise pas sur quelqu'un!.. Et, tenez, j'oubliais qu'elle veut faire ici sa sieste... Étendez le hamac sous ces arbres... Si tout n'était pas prêt quand elle viendra, nous serions dans une jolie situation... obéissez... Je me suis épanché légèrement... je m'en déferai le plus tôt possible...(On entend l'air du Sire de Framboisy.) Qu'entends-je?.. l'air favori de mon aimable maître!.. Courons au-devant de Baluchon...

SCÈNE IV.
DANIEL, BABOLIN.

BABOLIN.

Nous voilà gentils, nous autres, avec le Baluchon!

DANIEL.

N'as-tu pas entendu que la princesse veut tout le contraire de ce que veut le roi son père?

BABOLIN.

Son père!.. enfin, c'est convenu. Mais si c'est lui que nous rencontrons le premier... couic!..

DANIEL.

Tu as pardieu raison!.. Regagnons notre cachette, et attendons une occasion favorable de fuir loin d'ici.

BABOLIN.

Voilà qui est parler! (Ils se cachent de nouveau.)

SCÈNE V.
BALUCHON, MIRLIFICHE, LA PRINCESSE BRISETOUT,
LA COUR.

Air du *Sir de Framboisy*.
C'est un brave homme
Notre roi Baluchon;
C'est un brave homme
Notre roi Baluchon.

BALUCHON.

Taisez-vous. C'est un brave homme!.. c'est un brave homme!.. avec ça qu'ils me chantent ça sur un air... Si je tenais le musicien qui leur a seriné cette machine! Mirlifiche!

MIRLIFICHE.

Gracieux monarque?

BALUCHON.

Tu connais la princesse, n'est-ce pas?

MIRLIFICHE.

Si je la connais!..

BALUCHON.

Ne trouves-tu pas qu'elle me ressemble de plus en plus?

MIRLIFICHE.

Dame!..

BALUCHON.

Parle franchement à ton maître. J'adore la franchise...

MIRLIFICHE.

Gracieux monarque...

BALUCHON.

C'est tout mon portrait, n'est-ce pas?

MIRLIFICHE.

Vous l'avez dit.

BALUCHON.

A la bonne heure; voilà comme il faudrait que la vérité fût dite aux rois... Mirlifiche!

MIRLIFICHE.

Gracieux monarque!

BALUCHON.

Je suis dans mon jour de libéralité.., tu me feras souvenir de te promettre quelque chose... A propos, ma fille... où est ma fille?

VOIX DE LA PRINCESSE.

Vous êtes des imbéciles!.. Tenez, voilà pour vous...

BALUCHON.

Des taloches!.. c'est elle!.. Demeure là, mon fidèle ami.

MIRLIFICHE.

Grand merci!.. (Aux gardes.) Demeurez là, mes fidèles amis...

SCÈNE VI.
LES MÊMES, LA PRINCESSE BRISETOUT.
BRISETOUT, entrant et talochant les gardes.

Qu'est-ce que vous me voulez aussi, vous?.. m'empêcher de faire mes volontés?.. Arrière!..

MIRLIFICHE.

Grande princesse!..

BRISETOUT.

Tiens, v'là pour ta grandeur.

BALUCHON.

Ma fille!

BRISETOUT.

Mon... Ah! l'on veut me faire mourir ici... j'ai des attaques de nerfs...

BALUCHON.

Des attaques de nerfs!.. vite... des soins... des...

BRISETOUT.

Des riens du tout... Ce qu'il me faut, c'est autre chose que ce que je vois tous les jours... Sont-ils laids tous ces moricauds!..

MIRLIFICHE.

Grande princesse... j'ose croire que je fais exception...

BRISETOUT.

Toi! au fait, je m'en moque pas mal... Je sais une chose: c'est que quand je me regarde dans l'eau des sources, je me vois blanche.

BALUCHON.

Et tu ne me vois pas blanc?

BRISETOUT.

C'est cela même... Alors, il me prend des envies de connaître des êtres de ma couleur, de voyager, de ne pas toujours avoir devant moi votre Mirlifiche.

Air des *Petits Bateaux.*
Il me faut, mon papa,
Des distractions, des voyages,
Voir de nouveaux visages
Et surtout n' pas vivre comm' ça.

Je voudrais chaque jour,
Loin de la forêt triste,
Rêver, parler d'amour,
Et qu'on me fît la cour;
Je voudrais que mon cœur
Se fît tout bas la liste
De ceux que mon bonheur
Aurait pour serviteur.
Il me faut, mon papa, etc.

Dans mes rêves charmants,
Je vois de grandes villes
Où des peuples d'amants
Sèment les agréments;
C'est là que je voudrais
Chercher de gais asiles,
Où je gouvernerais
Ceux que j'enchaînerais.
Il me faut, mon papa, etc.

Oui, je ne veux plus vivre ici, je m'ennuie, je ne sais plus que faire, je n'ai plus rien à briser...

MIRLIFICHE.

C'est on ne peut plus vrai... heureusement...

BRISETOUT.

Enfin, je suis malheureuse comme les pierres.

BALUCHON.

Mais c'est désolant, mon héritier, que vous ayez de ces démangeaisons!.. Je pourrais les qualifier... donc je m'en dispense. N'êtes-vous pas ici souveraine maîtresse?..

BRISETOUT.

Moi... quel mensonge! Tout à l'heure encore on m'éloignait du rivage où j'avais cru voir les débris d'une barque... des étrangers, peut-être...

BALUCHON.

Des étrangers?.. Mirlifiche, est-ce que vous avez mal au cou?..

MIRLIFICHE.

J'en ai peur...

BALUCHON.

Il faut veiller à cela, Mirliflche, il faut veiller...

BRISETOUT.

C'est cela!... il faut qu'il veille; car s'il ne me trouve pas un étranger dans la huitaine... couic... sans rémission.

BALUCHON.

Sans rémission... tu n'y penses pas! L'étranger est une chose qui n'existe pas... Le genre humain n'a pas produit d'autres échantillons que ceux que tu vois... je te le jure...

BRISETOUT.

Mais l'on m'a pourtant parlé d'un ami de ma mère, d'un médecin...

BALUCHON.

Mensonge... ta mère n'a pas eu d'autre ami que moi, entends-tu? Les mauvaises langues ont dit... Ah çà! mais, je m'enferre, moi, je m'enferre...

BRISETOUT.

Du reste, réfléchissez : ou vous me ferez connaître une autre existence que la mienne, ou... je ne dis que ça... Sur ce, je vais dormir...

BALUCHON.

C'est cela... qu'elle fasse dodo.

BRISETOUT, dans son hamac.

Eh bien! chantez-vous?

BALUCHON.

Chantez donc!

UNE INDIENNE.

Air : *la Berceuse.*
Du silence, (*bis.*)
Car elle va s'endormir; (*bis.*)
Les forêts sont pleines d'ombre,
Dormez.
Dors, la voix de l'Espérance
Aura murmuré : Dors.

BALUCHON.

Qu'en dis-tu, Mirliflche? (Un énorme serpent gagne un des arbres auxquels est accroché le hamac où repose Brisetout.)

SCÈNE VII.

LES MÊMES, DANIEL, BABOLIN.

TOUT LE MONDE.

Ah! mon Dieu! (Effroi général.)

DANIEL.

Qu'ont-ils donc ?.. Ah! les lâches !... je la sauverai... (Il prend le yatagan de Mirliflche et tue le serpent.)

TOUS.

Sauvée !

BABOLIN.

V'là comme nous sommes courageux, nous autres...

LA PRINCESSE.

Ah! mon père, je le savais bien qu'il y avait des étrangers... en voici un...

BABOLIN.

Deux... deux !..

BALUCHON.

Je suis pris... Mirliflche... tu m'entends?..

LA PRINCESSE.

Ah! mon père, vous ferez la fortune de mon sauveur... Votre nom ?..

DANIEL.

Daniel...

LA PRINCESSE.

Venez, venez avec nous, je vous emmène... Oh! mais, comme il ressemble à mes rêves!..

DANIEL.

Princesse... il faut...

LA PRINCESSE.

Il faut venir... je le veux...

DANIEL.

J'obéis!..

BALUCHON.

Qu'on fasse honneur au sauveur de ma fille! qu'on le conduise en triomphe jusqu'à mon palais! (A part.) Arrivé là-bas, je le flanque à la porte. (Sortie générale. — Changement.)

DIX-SEPTIÈME TABLEAU.

La cour de Baluchon.

La cour de Baluchon.—Un intérieur dans le palais de Baluchon.

SCÈNE PREMIÈRE.

CRI-CRI, seul, en domestique indien, chantant dans la coulisse.

Je suis le Cri-Cri,
L'enfant chéri...

(Entrant.) Oui, je suis le Cri-Cri : dans les Indes comme en Europe, le génie du foyer veille : Quibus veut enchaîner ici Daniel; Coqueluchon a obtenu la concession d'une mine d'or, et Nina voyage dans l'espace avec Margot. Il s'agit de mettre ordre à tout cela; mais voici d'abord Coqueluchon et Brisemiche.

SCÈNE II.

CRI-CRI, COQUELUCHON, BRISEMICHE.

COQUELUCHON.

Holà !.. quelqu'un... je suis Coqueluchon.

BRISEMICHE.

Nous sommes Coqueluchon.

CRI-CRI.

Que voulez-vous, Messieurs?

COQUELUCHON.

Messieurs,.. dans les Indes? C'est bien la peine de quitter l'Europe... Je suis Monseigneur, entends-tu?

CRI-CRI.

Eh bien! Messeigneurs, que voulez-vous?

COQUELUCHON.

Remercier le roi Baluchon de la concession qu'il m'a donnée... pour mon argent...

CRI-CRI.

Le roi est à dîner.

BRISEMICHE.

Il est bien heureux!

COQUELUCHON.

Je voulais lui demander aussi des nouvelles de ma fiancée, qui doit arriver ici conduite par mon intendant.

CRI-CRI.

Votre intendant... connais pas!

COQUELUCHON.

Connais pas!.. Dans les Indes, la civilisation fait du chemin... mon beau-père.

BRISEMICHE.

Quibus est en retard. Pourvu que ma fille soit saine et sauve... La petite étourdie! me faire voyager dans des pays où le poêle du bon Dieu est allumé toute la journée! Petit, pourrait-on se rafraîchir? une soupe aux choux... n'importe quoi.

COQUELUCHON.

Des choux... à la cour!.. Mais vous voulez donc me compromettre? Retournons à notre auberge.

CRI-CRI.

C'est inutile, vous n'y trouverez rien. Dans les Indes, c'est le voyageur qui apporte les vivres, et l'aubergiste en prend sa part.

BRISEMICHE.

Ah! bah! mais, alors, c'est pas la peine qu'il y ait d'aubergistes.

COQUELUCHON.

Voilà la première fois qu'il raisonne. Comme les voyages forment l'esprit! Croyez-moi, beau-père, retournons à notre auberge et revenons à l'heure de l'audience publique.

BRISEMICHE.

Mais puisqu'il n'y a rien à l'auberge...

CRI-CRI.

Allez-y tout de même.

COQUELUCHON.

Dans les Indes... quel langage!.. Bah! allons-y gaiement. (Il sort avec Brisemiche.)

SCÈNE III.

CRI-CRI, MARGOT, QUIBUS, NINA.

CRI-CRI.

C'est cela... allez. A Nina maintenant : ce sont elles avec Quibus.

QUIBUS.

Entrez, belle Nina; entrez, Margot.

MARGOT.

Enfin, nous v'là donc arrivées... Quel voyage !.. à travers l'espace : j' voyions filer les nuages sous nos pieds, et puis, patatras, à deux pas d'ici... C'est-y drôle, n'est-ce pas Nina?

NINA.

Ne m'en parle pas, Margot... J'ai eu tort d'écouter Quibus.

MARGOT.

Au fait, c'est pas tout ça, grand enjôleux... où qu'est Daniel!.. où qu'est Babolin?

QUIBUS.

Prenez d'abord un peu de repos... Vous êtes à la cour de Baluchon.

NINA.

A la cour!..

CRI-CRI, s'approchant.

Et j'ai ordre de vous y recevoir.

QUIBUS.

Cri-Cri!..

CRI-CRI.

Veuillez me suivre.

MARGOT.

Acceptons toujours... Eh bien! je veillerai, moi, et j'avons beau être loin du moulin, c'est pas tous les Quibus du monde qui me feront vous trahir.

QUIBUS.

Margot!

MARGOT.

A bas les pattes !

NINA.

Je ne reverrai jamais Daniel. (Elles sortent.)

SCÈNE IV.
CRI-CRI, QUIBUS.

CRI-CRI.

Tu me croyais donc bien loin, Quibus?

QUIBUS.

Que m'importe ! Tu viens jouir de mon triomphe. Coqueluchon, mon maître, est déjà dans ce pays. Il a acheté la mine d'or qu'il exploite pour en tirer le métal nécessaire à la corbeille de Nina.

CRI-CRI.

Décidément, tu crois donc que cette corbeille doit être en or ?

QUIBUS.

Il le faut bien, pour que les hommes la croient précieuse.

CRI-CRI.

Mais la Sagesse ?

QUIBUS.

Oh! la Sagesse... Une fois Daniel vaincu, elle ne s'occupera plus de Nina.

CRI-CRI.

Voyons, Quibus, tu n'étais pas né pour le mal, ne lutte pas contre mes protégés...

QUIBUS.

Je suis né pour être le maître.

CRI-CRI.

Et tu es l'esclave de Coqueluchon.

QUIBUS.

Avec moi il commande.

CRI-CRI.

Soumis à Daniel, tu ferais des miracles...

QUIBUS.

J'aime mieux faire le mal... laisse-moi.

CRI-CRI.

Tu t'obstines ?

QUIBUS.

Laise-moi, te dis-je !

CRI-CRI.

Alors, la guerre?...

QUIBUS.

Eh bien ! soit : la guerre... (Cri-Cri sort.) Cri-Cri a peut-être raison : Coqueluchon ne peut rien faire sans moi. Il a déjà dépensé stupidement la moitié de ma puissance. Je me sens tout mal à mon aise de ce côté : allié de Daniel, je pourrais... oui, mais le Quibus ne serait plus qu'au second rang, l'homme serait au premier : luttons! A Babolin d'abord : il faut qu'il oublie Margot... Quant à Daniel, je le tiens... C'est Babolin...

SCÈNE V.
BABOLIN, seul.

C'est pas t-à croire!.. est-ce t-y la peine de venir à la cour pour avoir le ventre vide... queu dîner!.. Oh! pour un dîner, c'en est un, et un fameux... seulement que j'ons pas pu y goûter... des nids d'hirondelles, des tranches de requin, du vautour en salade, et de la fricassée de petit chien... mettez-vous donc ça sous la dent?.. Au moulin, y avait que d'la soupe, mais c'était bon et épais!.. queu dîner !.. Et Daniel qui mangeait, lui... le sans-cœur !.. Ah! j'ai t-y faim , j'ai t-y faim... Mais j'pus drôle... c'est les femmes... comme ell's me r'luquaient... S'ils ont cru que ça suffisait de me vêtir à leur mode... comme c'est gentil... C'est p't'être à ça que je dois que les femmes... mais des noiresses... fi donc !.. Cependant... cependant...

SCÈNE VI.
BABOLIN, FEMMES DE LA COUR.

BABOLIN.

Je vais t-être incendié... v'là qu' ça commence.

PREMIÈRE FEMME.

Joli petit blanc !

DEUXIÈME FEMME.

Petit blanc joli!..

BABOLIN.

Qu'est-ce que je disais?..

TROISIÈME FEMME.

Tu resteras avec nous?..

BABOLIN.

Rester ici... moi?.. on y mange trop mal.

TOUTES LES FEMMES, pleurant.

Oh!!.

BABOLIN.

Bon, des fontaines... et en bronze, quoi!.. Eh bien! non... là... je resterai... si vous m'empêchez de mourir de faim...

TOUTES LES FEMMES.

Bravo!.. vivat!..

BABOLIN.

Et le dîner?..

QUATRIÈME FEMME, tendrement.

Tu as faim?..

BABOLIN.

Si j'ai faim!.. j' crois qu' si c'était à r'commencer j' mangerais du petit chien.

PREMIÈRE FEMME.

Du dessert, alors...

BABOLIN.

Du dessert!.. et de la viande?

DEUXIÈME FEMME, lui présentant un plat.

Des confitures...

BABOLIN.

Voyons ça?..

TROISIÈME FEMME.

De rhubarbe...

BABOLIN, repoussant le plat.

De rhubarbe!.. Ah ça ! mais, vous n'avez donc pas... Au fait .. ça serait difficile...

QUATRIÈME FEMME, même jeu.

Des fruits confits...

BABOLIN.

A la bonne heure !

PREMIÈRE FEMME.

Avec du piment.

BABOLIN, même jeu.

Du piment... au feu!..

LES FEMMES.

Des liqueurs...

BABOLIN.

Des liqueurs... méfions-nous!

DEUXIÈME FEMME.

Prends ce verre...

BABOLIN.

Ajoutons ça...

Air du *Punch Grassot.*

Ah ça! mes petites noiresses,
N' me versez pas du vitriol!

TROISIÈME FEMME.

Tu douterais de nos caresses

QUATRIÈME FEMME.

Quand nos bras entourent ton col?

PREMIÈRE FEMME.

Chacune à son tour.

TOUTES.

Oui, oui.

BABOLIN.

J'en deviendrai sourd.

TOUTES.

Oui, oui.

DEUXIÈME FEMME.

C'est du parfait amour.

BABOLIN.

Ah!
Glou, glou, glou,
Remplissez mon verre!
Glou, glou, glou,
Adieu ma colère!
Glou, glou, glou,
Flamme des amours,
Versez! versez! (bis.) toujours!

LES FEMMES.

Glou, glou, glou,
Remplissons son verre! etc.

BABOLIN.

C'est fini... je reste... faites-moi des mouillettes... un pain de six livres...

TOUTES.

Voilà ! voilà ! (On lui apporte des mouillettes.)

BABOLIN.

Versez, mes charmantes princesses !
Queux yeux! queux yeux qu'ell's vous ont donc !

TROISIÈME FEMME.

Réponds à nos tendres caresses.

QUATRIÈME FEMME.

Sois avec nous plein d'abandon.

PREMIÈRE FEMME.

Chacune à son tour.

TOUTES.

Oui, oui.

BABOLIN.

J'en deviendrai sourd.

TOUTES.

Oui, oui.

DEUXIÈME FEMME.

C'est du parfait amour.

BABOLIN.

Ah !
Glou, glou, glou,
Remplissez mon verre!
Glou, glou, glou,
Adieu ma colère!
Glou, glou, glou,
Flamme des amours,
Versez! versez! (bis.) toujours!

LES FEMMES.
Glou, glou, glou,
Remplissons son verre! etc.

BABOLIN.
Vive Baluchon! vive sa cave... A présent, j'voulons ben être d'Inde.

UNE FEMME.
Emmène-nous sous les grands arbres...

BABOLIN.
Toutes?...

LES FEMMES.
Ah bah!... Allons, les belles...

REPRISE.
Glou, glou, glou, etc.

(Elles sortent avec Babolin.)

SCÈNE VII.

QUIBUS, puis BRISEMICHE, COQUELUCHON, puis CRI-CRI, MIRLIFICHE, GARDES.

QUIBUS.
Maintenant à Daniel. Quel est ce bruit?... Mon maître dans l'embarras... rions un instant. (Il se tient à l'écart.)

COQUELUCHON, entrant.
Autorité... je vous assure...

CRI-CRI.
Je vous assure qu'ils n'ont pas le sou, et ne peuvent payer l'aubergiste.

COQUELUCHON.
Autorité....

MIRLIFICHE.
Taisez-vous... Seulement, expliquez-moi l'affaire...

COQUELUCHON.
Autorité, j'ai le Quibus, mais pour le moment il est en voyage... et je ne puis payer ma dépense... mais vous pouvez être sûr...

MIRLIFICHE.
En voilà suffisamment. Assurez-vous de ces deux hommes.

COQUELUCHON ET BRISEMICHE.
Mais...

MIRLIFICHE.
Mais... vous allez en servir de mets. Dans ce pays, les débiteurs insolvables sont mangés.

COQUELUCHON ET BRISEMICHE.
Mangés.

CRI-CRI.
Oui, mangés.

COQUELUCHON.
Autorité...

Air : On dit que je suis sans malice.
Quoi, dans ce pays l'on dévore
Le débiteur qui vous implore!
C'est un moyen par trop bourru
De s' payer sur l'individu.
De Vaugirard à La Villette,
Si l'on s' mangeait pour une dette,
Il ne rest'rait bientôt plus qu' ceux
Ayant l' droit de s' manger entre eux.

MIRLIFICHE.
Taisez-vous!... et en route.

COQUELUCHON ET BRISEMICHE.
Fricassés!...

ENSEMBLE.
Air de Robin des bois.
Oui, fricassés, suivez-nous vite,
Ou nous allons, malgré vos cris,
Vous mettre à la broche de suite...
Et vous serez bientôt rôtis.

COQUELUCHON.
Quoi! c'est dans une casserole
Qu'ils vont mettre ma dignité?

BRISEMICHE.
Des femmes soyez donc l'idole
Pour être cuit et fricassé!

ENSEMBLE.
Fricassés, fricassés, fricassés, etc.

CRI-CRI, sortant.
Servez chaud!..

SCÈNE VIII.

QUIBUS, seul.

QUIBUS.
Bien... pendant que Cri-Cri se raille de mon maître, assurons son triomphe. (On entend la voix de Brisetout.) Brisetout... j'ai vaincu...

SCÈNE IX.

QUIBUS, BRISETOUT.

BRISETOUT, dans la coulisse.
Laissez-moi... je ne veux rien entendre. (Entrant.) Qu'est-ce que j'éprouve donc depuis ce matin... là... au cœur...

Air : Dragons de Villars.
Pan, pan, pan,
Il resaute.
Pan, pan, pan,
Il saute
Puis il resaute.
Pan, pan, pan.
Puis il me parle de bonheur,
Depuis que Daniel est notre hôte,
Mon pauvre cœur!

Oui, c'est bien cela, Daniel, il m'a sauvée... mais mon père en a déjà récompensé dignement... A ma voix, il lui a ouvert son trésor; à ma voix, il lui a donné l'emploi de Mirlifiche; cela n'est pas assez... Qu'est-ce que je pourrais donc faire encore pour lui?

QUIBUS, s'avançant.
L'épouser...

BRISETOUT.
Ah! mon Dieu!.. qui êtes-vous?..

QUIBUS.
Un ami de votre mère... un médecin!...

BRISETOUT.
Ah! je sais... je vais appeler mon père, il sera bien content de vous voir.

QUIBUS.
Arrêtez... je ne le crois pas...

BRISETOUT.
Pourquoi?

QUIBUS.
Pourquoi?.. Parlons de Daniel.

BRISETOUT.
Oh! oui, parlons-en toujours... Vous me conseillez de l'épouser... mais je suis princesse, et mon père?..

QUIBUS.
Votre père, consentira...

BRISETOUT.
Que lui dire?

QUIBUS.
Une chose bien simple...

BRISETOUT.
Laquelle?

QUIBUS.
Que vous le voulez...

BRISETOUT.
Au fait, c'est vrai... je le veux, je le dis, je... ça sera.

QUIBUS.
Bien! bien! une bonne petite colère, une attaque de nerfs même. Oh! les attaques de nerfs, c'est la panacée des femmes...

BRISETOUT.
Dites donc vous?

QUIBUS.
Eh! n'allez pas me briser, pour me remercier de mes conseils...

BRISETOUT.
Mais mon rang?...

QUIBUS, lui frappant sur le cou.
Votre rang?

Pan!.. pan!.. pan!.. pan!.. il saute, } (bis.)
Saute et ressaute.
Il vous parle de bonheur,
Depuis que Daniel est votre hôte,
Ce petit cœur!

ENSEMBLE.
Pan!.. pan!.. pan!.. pan!.. etc.

(Quibus disparaît.)

BRISETOUT.
Oh! oui... je l'épouserai... Eh bien! où êtes-vous donc?.. Disparu!.. un magicien peut-être... Tant pis, je suivrai son conseil... Mon père!..

CHŒUR, dans la coulisse.
C'est un brave homme, etc.

SCÈNE X.

BRISETOUT, BALUCHON, MIRLIFICHE, DANIEL, DEUX GRANDS OFFICIERS, puis LA COUR.

MIRLIFICHE.
Dégommé!.. Et moi aussi je l'aurais tué le serpent... si j'avais osé!...

BALUCHON, au fond.
C'est ça... c'est ça... je vous porte dans mon cœur... mes fidèles sujets... c'est un brave homme... Maudit musicien, si jamais je t'empoigne!...

DANIEL.
Je fais un rêve, mon Dieu!... Et cette jeune fille!...

BRISETOUT.
Il m'a regardée...

BALUCHON.

Nous voilà donc en conseil... Daniel, mon premier ministre... Alcofribas et Micomégon, mes conseillers... Mirlifiche... Qu'est-ce que tu seras, Mirlifiche?...

MIRLIFICHE.

Tout ce que vous voudrez, grande lumière...

BALUCHON, l'attirant sur le devant de la scène.

Tu es d'abord un imbécile.

MIRLIFICHE.

Je le sais.

BALUCHON.

Que je devrais faire pendre.

MIRLIFICHE.

Je le sais toujours...

BALUCHON.

Heureusement que je suis là... et que je vais le dégoûter du pouvoir... je veux qu'il file aujourd'hui même.

LA PRINCESSE.

Nous vous attendons, papa...

BALUCHON.

M'y voilà... Tu seras mon domestique...

MIRLIFICHE.

Quelle humiliation!...

BALUCHON.

Nous allons examiner nos petites affaires... Soyez-vous, je vous le permets...

MIRLIFICHE.

Nous le sommes, grande lumière...

BALUCHON.

Veux-tu bien... Tu m'as compris... j'ai dit : Soyez-vous... ici autour de moi.

MIRLIFICHE.

Ah! je comprends...

BALUCHON.

C'est encore heureux... Mirlifiche... ouvre ton portefeuille devant ton successeur... Nous, vous écoutons, Daniel.

DANIEL.

Que vois-je !... Une concession de mines à Coqueluchon...

BALUCHON.

Qu'est-ce que c'est que cette mine-là, Mirlifiche?

MIRLIFICHE.

Une mine d'or.

BALUCHON.

Pourquoi faire ce Coqueluchon l'a-t-il achetée?

DANIEL.

Je le sais, moi.

BALUCHON.

Eh bien! moi je ne le sais pas...

MIRLIFICHE.

Gracieux souverain, tous les Européens sont les mêmes.

BALUCHON.

Ah! oui !... ils viennent faire ici la chasse aux écus.

RONDEAU.

Air de la Cocarde.

Dans l'univers on ne voit plus
Que des hommes cherchant fortune...
Ils iraient jusque dans la lune
Croyant y trouver des écus;
Mais, depuis longtemp spercée,
La lune étant loin de nous,
Dans leur ardeur insensée,
A la terre ils font des trous.
Ils disent ensuite aux tontons :
Pour bien exploiter cette mine,
D'abord, sur la nôtre... de mine,
Prêtez-nous quelques millions.
On dit que sur le rivage
Des pays civilisés,
Avec un pareil langage
Bien des magots sont rasés.
Alors, les chercheurs de métal
Tapent en riant sur leurs poches,
Et laissent... des manches de pioches
Aux fournisseurs du capital.
C'est en vain que la ruine
Frappe Gogo : tous les jours,
A des fripons, sur leur mine,
Là-bas il prête toujours.
Dans l'univers on ne voit plus
Que des hommes cherchant fortune ;
Ils iront jusque dans la lune
Croyant y trouver des écus.

BALUCHON.

Approuvée la concession... Vous approuvez, mes fidèles?

MIRLIFICHE.

Oui !

ALCOFRIBAS.

Oui !

MICOMÉGON.

Oui!

BALUCHON.

Voilà... chacun son opinion... tout le monde est libre à ma cour.... Seulement, si l'on n'était pas de mon avis, nous verrions bien... Mais il s'agit de bien autre chose que d'une mine.. je suis menacé par mes ennemis, ils se lèvent par milliers, et mes soldats ne sont pas la bravoure même... Un savant étranger a même dit qu'ils avaient... ma foi, je l'ai oublié... la venette... Il faudrait...

DANIEL.

Que votre ministre les commandât?.. C'est mon devoir, je le ferai.

BRISETOUT.

Bien!

BALUCHON, à part.

Il ne partira pas !

BRISETOUT.

Mon père, vous voyez que Daniel est prêt à tout pour votre service... c'est mon sauveur... Vous n'avez pas fait encore assez pour lui.

BALUCHON.

Ah bah! tu voudrais...

BRISETOUT.

L'épouser.

DANIEL.

M'épouser.

TOUS.

L'épouser?...

BALUCHON.

Mais c'est très-sérieux cela !... très-sérieux !..

BRISETOUT.

Tant pis! c'est mon goût.

BALUCHON.

Je ne le goûte pas ce goût... Songe donc que le mariage peut avoir des inconvénients... Quand j'y pense... je sens mes cheveux se dresser sur ma tête!

MIRLIFICHE.

Cela se voit, grande lumière!..

DANIEL.

Je suis indigné...

BALUCHON.

Ah! Daniel! que je te plains, mon pauv' bonhomme.

BRISETOUT.

Comment?...

BALUCHON.

Si ça continue, je ne vais plus savoir ce que je dis... le mariage...

Air : Je suis un bonhomme.

A tout i' mond' il n' faudra pas l' dire,
Car l'Inde se dépeuplerait ;
Le mariage est un martyre...
Ah! si vous saviez mon secret!
Écoutez... Non, ça les f'rait rire.
Bris'tout, viens ici, viens... Non, non...
Daniel... J' peux pourtant pas l'instruire
Des s'crets de madam' Baluchon.

BRISETOUT.

Si vous me refusez, je m'évanouis... ou plutôt, non... je casse Mirlifiche.

BALUCHON.

Casse, mon enfant... casse...

BRISETOUT.

Je casse votre couronne, vos sujets, vos palais... vos...

BALUCHON.

Marions-la, c'est économique... Daniel... mon gendre, faites entrer tout le monde... Mirlifiche, tu seras pendu demain matin. (Entrée de la cour.)

DANIEL.

Mon rêve continue... Gendre d'un roi !...

BALUCHON.

Mes fidèles sujets, nous vous apprenons, avec une joie de circonstance, que notre fille bien-aimée a choisi pour époux son sauveur...

BRISETOUT.

Daniel, ai-je assez fait pour vous ?

DANIEL.

Princesse... je... (En ce moment l'orchestre joue le rondeau de CRI-CRI.) Cri-Cri!... Oh! je me réveille! je me réveille!

TOUS.

Qu'a-t-il donc?

DANIEL.

Loin de moi ces ornements, ces titres, ces honneurs!... Je suis Daniel le laboureur, et je pars!

BRISETOUT.

Daniel!...

BALUCHON.

Des chevaux!

MIRLIFICHE.

Une locomotive !

DANIEL.

Princesse, je prierai pour vous...

BRISETOUT.

Ah ! je me meurs !

BABOLIN, entrant suivi des femmes.

C'est sa main... J'ai reconnu la main de Margot !... Quelle gifle !...

DANIEL.

Margot et Nina... où sont-elles ?

BABOLIN.

Je ne sais pas... j'étais dans le jardin, quand tout à coup... v'lan !... c'est venu d'en l'air...

DANIEL.

Un avertissement du ciel...

BABOLIN.

Merci...

DANIEL.

Partons... Adieu, grand roi... adieu !..

BALUCHON.

Emportez au moins un souvenir... Acceptez la concession d'une mine d'or, puisque vous êtes Européen...

DANIEL.

Non... pas d'or... j'accepte une mine de fer... le fer travaillé, voilà le métal précieux...

BALUCHON, qui a écrit.

Voilà !..

DANIEL.

Pauvre jeune fille !.. Mais Nina... Viens Babolin... (Ils sortent.)

BALUCHON ET MIRLIFICHE.

Débarrassés !..

BRISETOUT, qui les a entendus en revenant à elle.

Ah ! vous les avez laissés partir... Eh bien ! nous verrons !.. Je me vengerai... J'épouse Mirlifiche...

MIRLIFICHE.

Moi ?

BRISETOUT.

Oui, toi... et tu verras.

MIRLIFICHE.

Ah ! sapristi !... Courons après Daniel.

BRISETOUT.

Venez, mon père... et malheur à tout le monde, si nous ne les retrouvons pas !

DIX-HUITIÈME TABLEAU.

Le bazar de la Mécanique.

Un intérieur symbolique. — Les différents objets énumérés dans ce tableau sont en scène.

SCÈNE PREMIÈRE.

LA MÉCANIQUE, d'abord entourée d'ouvriers et d'ouvrières symboliques qu'elle envoie à leur travail.

CHŒUR.

Air : Dansez, Farfadet.

Allons, allons, travailleurs
De la Mécanique,
Écoutons la voix magique ;
Soyons créateurs.

LA MÉCANIQUE.

Le siècle réclame
Des splendeurs à bon marché ;
L'art, que rien n'enflamme,
Doit vivre caché.

REPRISE.

Allons, allons, travailleurs, etc.

LA MÉCANIQUE.

Allez, coupez, tranchez, ficelez, engrenez, composez, détruisez, rétablissez, préparez et livrez, le tout à la vapeur, et sans la moindre variété... Je hais la variété... Vous m'entendez ?... Hop ! Comme cela marche !.. quelle régularité dans les mouvements. On me dira que c'est monotone... Qu'importe ?.. c'est productif, voilà le grand mot... L'art ne suffit plus aujourd'hui ; moi seule réponds à tous les besoins... Mais qui es-tu ?, allez-vous me dire... Qui je suis ? Je vais vous le confier...

Air :

Qui je suis ? La Mécanique,
Inconnue au peuple antique,
Et, dit-on, antipathique
A la race académique.
Pourtant, Messieurs, je me pique
Que de l'Asie à l'Afrique,
De l'Europe à l'Amérique,
Tout subit ma loi pratique.
Mon organe est métallique,
Mon cœur est mathématique ;
Les marteaux sont la musique

Qui seule m'est sympathique ;
Peu m'importe mon physique,
J'ai pour âme la logique ;
Pour esprit l'arithmétique,
Et, pour trône, une fabrique.
Enfin, toute polémique
Par moi s'embrouille et s'explique ;
J'envoie au pôle antarctique
Le vieux vin dans sa barrique ;
Mes machines, qu'il s'applique,
Tout au commerce énergique
Franchir le vaste Atlantique ;
Grâce à ma force héroïque,
J'ai mon droit autocratique
Sur la fortune publique ;
Bref, la chose est authentique,
De tout le siècle trafique,
L'argent est un spécifique,
La vie une gymnastique,
Et le monde une boutique
Soumise à la Mécanique !

Voilà ce que je suis. Je remplace l'intelligence humaine... je supplée à tous les bras... Encore quelques années, et il n'aura plus besoin de vivre ; j'épargnerai cette peine à ceux qui voudront bien m'honorer de leur confiance... Et, tenez, j'entends du bruit, gageons qu'on vient me demander un service... On ne peut plus se passer de moi... Qu'est-ce que je vous disais ?..

SCÈNE II.

LA MÉCANIQUE, QUIBUS, COQUELUCHON, BRISEMICHE.

QUIBUS.

Venez ! venez ! c'est bien ici le bazar de ma filleule ; le bazar de la Mécanique.

COQUELUCHON.

Enfin... j'ai bien l'honneur.

BRISEMICHE.

La jolie Mécanique.

LA MÉCANIQUE.

Vous paraissez fatigués, Messeigneurs ?..

COQUELUCHON.

Messeigneurs !.. ne m'en parlez pas... Nous avons été sur le point d'être fricassés...

BRISEMICHE.

Comme des dindons, quoi ?..

COQUELUCHON.

Comme de véritables dindons... un homme de ma condition !...

QUIBUS.

Oui, mais je suis arrivé à temps...

COQUELUCHON.

Pour nous sauver la vie ; mais nous n'en avons pas moins vu la poêle de près !..

QUIBUS.

C'est un petit malheur... Vous avez souhaité être ici, vous y êtes...

COQUELUCHON.

J'en suis enchanté... Madame la Mécanique, je suis Coqueluchon.

LA MÉCANIQUE.

Coqueluchon... je ne connais que vous ; un homme riche, spirituel, généreux, instruit...

COQUELUCHON.

Comme elle me connaît.... Parlez-moi du progrès, pour être poli...

QUIBUS.

Et sincère !..

LA MÉCANIQUE.

Je suis prête à vous servir ; et vous aussi seigneur de...

COQUELUCHON.

De Brisemiche... mon futur beau-père.

BRISEMICHE.

Meunier...

COQUELUCHON.

Pour son plaisir. (A part.) Taisez-vous, mon beau-père.

LA MÉCANIQUE.

Je te remercie, Quibus, de m'avoir amené de telles pratiques !..

QUIBUS.

Je les guide, je ne les amène pas...

LA MÉCANIQUE.

Tu es un affreux railleur... Vous désirez, Messeigneurs ?

COQUELUCHON.

Messeigneurs... Nous désirons un corbeille de mariage en or...

BRISEMICHE.

Tout en or...

COQUELUCHON.

Je fournis le métal... je l'ai été chercher moi-même dans une mine vierge encore... Un caprice de jeune fille à satisfaire... Mes moyens me le permettent...

LA MÉCANIQUE.

J'en suis certaine, Monseigneur...

COQUELUCHON.

Monseigneur... Figurez-vous que ce coquin voulait m'emmener chez des artistes...

LA MÉCANIQUE.

Ah! l'horreur!...

BRISEMICHE.

D' beaux merles!...

QUIBUS.

Ma filleule va vous faire une caisse, une chose carrée, les artistes!...

COQUELUCHON.

Veux-tu bien te taire!

LA MÉCANIQUE.

Des paresseux, qui mettront vingt ans à faire ce que je ferai dans une heure.

COQUELUCHON.

Et qui vous demandent les yeux de la tête...

QUIBUS, dédoré du côté droit.

Que diable! mon maître, si vous regardez tant à la dépense, ne me dédorez pas si vite...

COQUELUCHON.

Ah! je comprends, moi, qu'on achète un cheval, une maison de campagne, un bon dîner, un animal aux truffes; mais des choses inutiles, des statues, des tableaux, des vers... oh! des vers! cela peut se commander à la douzaine maintenant...

LA MÉCANIQUE.

Voilà qui est parler: des statues au repoussoir, des tableaux à l'orientale, avec des patrons... des alexandrins à la toise...

Air de M. Joly.

L'Art et sa sœur la Poésie
N'ont rien à faire de nos jours;
Qu'ils sirotent leur ambroisie
Dans les greniers de leurs amours!
C'est par grosse, c'est par douzaine,
Sur un moule, avec des ciseaux,
Que je livre, en une semaine,
Plus de sculptures, de tableaux,
Que dans toute l'époque antique
Les artistes n'en ont produit.
Ah! l'artiste, je m'applique,
Je m'applique...
Ah! l'artiste,
Je m'applique
A marcher toujours sans lui.

REPRISE ENSEMBLE.

Ah! l'artiste, etc.

QUIBUS.

Ma filleule!.. ma filleule!

Même air.

Lorsque votre main trop hardie
Nous aura tout mécanisé,
Et lorsque votre œuvre applaudie
Nous vendra la forme au toisé,
Où prendrez-vous donc cette flamme,
Dont toute forme avait besoin,
Pour qu'on sentît en elle une âme?
Ah! vous oubliez trop ce soin:
L'art passe avant la mécanique,
Qui doit l'accepter pour appui.
Car l'artiste (bis.)
Énergique, (bis.)
Car l'artiste
Communique
Le feu pur qui brûle en lui.

REPRISE DE L'ENSEMBLE.

Ah! l'artiste, etc.

COQUELUCHON.

Je le veux bien. Tu parleras de cela à mes petits-enfants... si j'en ai... et je me propose d'en avoir... Madame la Mécanique, n'écoutez que mes ordres...

LA MÉCANIQUE.

Il ferait beau voir en écouter d'autres, Monseigneur.

COQUELUCHON.

Monsei .. elle est charmante...

LA MÉCANIQUE.

Quibus, fais porter l'or de ton maître dans mes ateliers. (On entend un bruit. — A Coqueluchon, qui s'est effrayé.) Tranquillisez-vous... c'est la Mécanique.

COQUELUCHON.

Et va ensuite chez ce petit imbécile.

QUIBUS.

Il est devenu à craindre...

COQUELUCHON.

C'est un imbécile; où en serions-nous, si tous ceux qui n'ont pas le sou se permettaient d'avoir de l'esprit?

QUIBUS, à la Mécanique.

Soit, c'est un imbécile; soigne mon maître...

LA MÉCANIQUE.

Sois tranquille; je vais lui faire les honneurs de mon bazar...

SCÈNE III.

LES MÊMES, moins QUIBUS.

COQUELUCHON, pendant que la Mécanique reconduit Quibus.

Eh bien! mon beau-père, vous voilà, j'espère, en bon chemin... il ne me manque plus que le bouquet... je veux qu'il soit superbe... mes moyens me le permettent...

BRISEMICHE.

M'est avis que l' bouquet et la corbeille, ça n'est rien sans la fille, et vot' Quibus n'a pas su me la rendre, quoi...

COQUELUCHON.

C'est un détail...

LA MÉCANIQUE, redescendant.

Me voilà toute à vous, Monseigneur, et à vous aussi...

COQUELUCHON.

Ne faites pas attention...

LA MÉCANIQUE.

Vous êtes fatigués; altérés, affamés; parlez, agissez, ordonnez, dictez, vous verrez...

BRISEMICHE.

J'espère qu'elle a un bagout, la petit' mère!..

COQUELUCHON.

Je ne vous cacherai pas qu'il me serait fort agréable... de m'asseoir. (Sur un signe de la Mécanique, un canapé paraît.)

COQUELUCHON.

Un excellent canapé...

LA MÉCANIQUE.

Digne de vous...

COQUELUCHON.

Digne de moi!.. elle est adorable...

BRISEMICHE.

Adorable... mais j'aurions mieux aimé une table, j'ai attrapé un appétit...

LA MÉCANIQUE.

Une table?.. qu'à cela ne tienne... Tenez!.. (Une table paraît avec deux sièges.)

BRISEMICHE.

Deux sièges!.. Voilà qui est fameux, n'est-ce pas, mon gendre?..

COQUELUCHON.

C'est divin. (Un bruit formidable se fait entendre.)

BRISEMICHE.

C'est une pendule qui se détraque...

LA MÉCANIQUE.

C'est votre dîner qu'on prépare.

BRISEMICHE.

Voilà qu'est drôle, par exemple!..

LA MÉCANIQUE.

Ne vous gênez pas.

Air de la Colonne.

Parlez, parlez, le feu s'allume,
La broche tourne, le bouillon,
En un clin d'œil, bout et s'écume;
Les côtelettes de mouton
N'ont pas même à voir le charbon.
Les crèmes, les jus, les compotes
Vont être prêts tous à la fois.

BRISEMICHE.

Ah! petit' mèr'; vous allez, je crois,
Nous faire avaler des carottes.

LA MÉCANIQUE.

Des carottes... pas la moindre. Voici d'abord votre couvert. (Le couvert est mis.)

BRISEMICHE, se mettant à table.

Des assiettes... des verres!

COQUELUCHON, se mettant à table.

En vérité... cela me décide. Mon beau-père, cette Mécanique n'est pas à mécaniser.

LA MÉCANIQUE.

Servez mes hôtes! (Une foule de petits marmitons présentent les plats devant Brisemiche et devant Coqueluchon, et les enlèvent avant que ceux-ci aient le temps d'y toucher.)

BRISEMICHE.

En v'là t-y, des plats!.. Eh!.. les choux... sapristi!.. laissez les choux!.. Mais je n'ai rien sous la dent!..

COQUELUCHON.

Madame la Mécanique, je n'ai pas l'habitude de dîner à la vapeur... je veux mes aises...

LA MÉCANIQUE.

Vous pouvez maintenant faire la digestion. (La table disparaît.)

COQUELUCHON ET BRISEMICHE.

Comment?..

LA MÉCANIQUE.

Oui, puisque vous avez dîné.

COQUELUCHON ET BRISEMICHE.

Dîné !.. et la table ?

LA MÉCANIQUE.

Disparue... dès que vous avez été rassasiés !.. voilà le progrès.

COQUELUCHON.

Le progrès !.. Enfin, nous dînerons deux fois, beau-père, mes moyens me le permettent.

BRISEMICHE.

C'est cela... allons dîner, mais pas à la mécanique.

LA MÉCANIQUE.

Arrêtez... je ne veux pas que vous me quittiez ainsi. D'ailleurs, vous êtes à cinq cents lieues de la terre... et, sans le secours d'un de mes trucs, vous ne pouvez partir.

COQUELUCHON.

Un truc... qu'est-ce que c'est que ça ?

LA MÉCANIQUE.

Vous l'ignorez ? mais un truc c'est une des merveilles de mon empire.

Air de la Corde sensible :

Un truc, c'est l'art de montrer
En plein midi des chandelles ;
L'art de mettre des ficelles
Et de savoir les tirer...
    C'est un truc,
    C'est un truc.
Tout ce qui trompe ou surprend,
    C'est un truc,
    C'est un truc...
Le truc est utile et grand.

COQUELUCHON.

En voilà un mot qui signifie des choses !

Suite de l'air.

Le fard sur un vieux minois,
L'enseigne qui nous fascine,
Les pleurs et la crinoline,
La vérité quelquefois...
    C'est un truc, etc.

BRISEMICHE.

C'est ben utile tout d' même c' te machine-là.

Suite de l'air.

Mais l' plus beau tour, voyez-vous,
C'est d' nous montrer vos cass'roles,
Et, rien qu'avec des paroles,
D'assaisonner vos ragoûts...
    C'est un truc, etc.

LA MÉCANIQUE.

Que voulez-vous, la force est vaincue par l'adresse, les géants, je les ai supprimés.

COQUELUCHON.

Supprimés !...

LA MÉCANIQUE.

Oh ! mon Dieu, oui... et si vous tenez à mon estime...

COQUELUCHON.

Je me ferai supprimer ?.. N'allons pas si vite.

LA MÉCANIQUE.

Eh ! non... Vous rendrez hommage au nouveau peuple qui va sortir de mes mains.

COQUELUCHON ET BRISEMICHE.

Un peuple !

LA MÉCANIQUE.

Un peuple microscopique, qui mange, boit, respire, marche, danse, combat, travaille.

COQUELUCHON.

Mais je le saurais...

LA MÉCANIQUE.

Vous allez le savoir. Le nouveau royaume vous est ouvert.

COQUELUCHON.

J'y serai bien reçu... mes moyens me le permettent ! (Sur un signe de la Mécanique, le théâtre change.)

DIX-NEUVIÈME TABLEAU.
Le royaume de Lilliput.

SCÈNE PREMIÈRE.

LA MÉCANIQUE, COQUELUCHON, BRISEMICHE, LILLIPUTIENS.

LA MÉCANIQUE.

Venez vous asseoir sur ce tertre, mon peuple va défiler devant vous. (Entrée des Lilliputiens. Évolutions. Danses.)

COQUELUCHON.

C'est mirobolant.

BRISEMICHE.

Ça m'en a coupé l'appétit, quoi !

COQUELUCHON.

Mais la corbeille ?

LA MÉCANIQUE.

Elle est chez vous depuis longtemps.

COQUELUCHON.

Alors, il ne manque plus que les fleurs... Au jardin des Fleurs, s'il vous plaît.

LA MÉCANIQUE.

Oh ! je comprends... Et vous tenez à ne pas vous séparer ?

BRISEMICHE.

Je l' crois bien... c'est lui qu'a la bourse !

LA MÉCANIQUE.

Alors, suivez-moi.

VINGTIÈME TABLEAU.
Le voyage à grande vitesse.
Deux énormes ballons enlèvent Brisemiche et Coqueluchon.

VINGT ET UNIÈME TABLEAU
Daniel ciseleur.
Un atelier d'artiste ; au milieu, la corbeille inachevée encore, joli meuble autour duquel sont ciselées de charmantes figurines.

SCÈNE PREMIÈRE.

BABOLIN, seul, ayant rangé les outils de Daniel.

V'là tout en place, j'ai rien oublié ; les affaires vont crânement bien tout d' même d' puis que Daniel est artiste et que j' me soigne l'estomac ; on dirait la moitié de Quibus, quoi... Mais la fortune, ça regarde Daniel. Si c'est moi qui sommes l'or, faut qu' j'écoutons l'Esprit, j' ferons queuque chose. J' vas ranger par ici... Bon, on frappe, qué qu' ça m' fait. (Il prend son écuelle et se met à manger la soupe.) Va, va, frappe, quand tu seras fatigué, t'ouvriras. (On ouvre.) Il est fatigué...

SCÈNE II.

BABOLIN, doré d'un côté, MARGOT.

MARGOT.

Y a-t-il quelqu'un ?

BABOLIN.

Non. J' vous connais pas, bonsoir...

MARGOT.

Mais c'est Quibus !... Mais non... c'est Babolin !

BABOLIN.

Margot !...

MARGOT.

Ah ! geuzard, tu ne me reconnais' pas, maintenant que t'es doré... Tiens !... (Elle lui donne un soufflet.)

BABOLIN.

Y a pas à en douter... c'est elle... Qué qu' tu m' veux ?

MARGOT.

J' veux te parler d' moi, pardine !...

BABOLIN.

C'est pas la peine... t'as quitté la Sagesse... j' sais pas où que t'es allée...

MARGOT.

On va te le dire, grand sans-cœur : c'est Cri-Cri qui a soufflé sur moi comme sur Nina. J'ai disparu tout à coup, et d' puis ce temps j'ai été bien punie...

BABOLIN.

C'est bien fait !...

MARGOT.

J' suis malheureuse tout plein, j'ai pas mangé d'puis huit jours, et je vais m'en aller t'en terre. (Pleurant.) Miron, ton, ton, ton !...

BABOLIN, pleurant à son tour.

Miron, taine. Ah ! ah ! ell' m' prend par les sentiments... j' vas t'avoir une indigestion...

MARGOT, riant.

Tu vois bien que tu m'aimes toujours, gros bêtas.

BABOLIN.

Elle rit... et j'allais pleurer pour de bon... Ah ! les femmes !...

MARGOT.

Oùs qu'est Daniel ?...

BABOLIN.

Au travail ; il gagne d' l'argent qu' ça en est étonnant, quoi ! Tu le vois, du reste !

MARGOT.

Comment qu'il le gagne ?...

BABOLIN.

En faisant des machines comme ça...

MARGOT.

Oh ! la jolie boîte !

BABOLIN.

Celle de Nina... tu sais, la corbeille ?..

MARGOT.

C'est pas toi qui m'en offrirais t-une ?

BABOLIN.

Piqu' t' as mon cœur...

MARGOT.

L' cœur, l' cœur !... T' as qu' ça à dire ?..

CRI-CRI.

Air de *l'Écu de six francs.*

L' cœur, c'est ben beau, mais les tartines
Ça n'est pas bon sans rien dessus,
Et les formes les plus divines
Sont rien sans des habits cossus.
Essay' d'monter un ménage
Avec du cœur et rien q' du cœur,
Tu verras que ton fournisseur
Te flanqu'ra la porte au visage.

BABOLIN.

Sois tranquille, Daniel fait fortune pour nous deux. On te meublera... en noyer... en acajou, avec des rideaux...

MARGOT.

Je reste avec toi; Daniel ne me renverra pas... Je ne sais où est Nina, et je suis si loin du moulin...

BABOLIN.

Rester ici... ah! ben non!... Daniel!..

SCÈNE III.
LES MÊMES, DANIEL.

DANIEL.

Mets cette bourse avec les autres... La Fortune couronne mon travail... Margot ici! comment cela se fait-il?

MARGOT.

Je ne l' sais pas moi-même, Daniel; depuis que j' ons quitté le moulin, tout c' qui m'arrive, on dirait des rêves...

DANIEL.

Dispose de moi. Babolin, tu sais le proverbe: quand il y en a pour deux, il y en a pour trois...

BABOLIN.

En v'là un menteur de proverbe. C'est quand y en a pour trois qu'y en a pour deux...

DANIEL.

Maintenant, laissez-moi, mes amis, il faut que j'achève cette corbeille...

MARGOT.

Merci, Daniel!... Gros sans cœur!

BABOLIN.

Tout à l'heure, j'en avais trop; j'en ai pu assez maintenant. Les femmes, c'est des girouettes. (Il sort avec Margot.)

DANIEL.

Travaillons pour moi, maintenant; voilà mon chef d'œuvre. Je n'ai voulu confier à personne le soin d'orner cette corbeille. Retouchons cette figure. Quand je travaille, il me semble que je vois Nina partout.

Air de M. JOLY.

Oui, tu visites ma pensée,
Tu viens me voir,
Et rendre à mon âme oppressée
Courage, espoir!
C'est toi le souvenir qui chante
Au fond du cœur;
C'est bien la voix de mon amante
Et du bonheur!

Je la vois toujours... oh! Nina!... (On frappe.) Mais on frappe, il me semble! (Allant ouvrir.) Que me veut-on?

SCÈNE IV.

DANIEL, QUIBUS, en capitaine.

QUIBUS.

Bonjour, seigneur étranger... Ne me remettez-vous pas?

DANIEL.

Pas le moins du monde.

QUIBUS.

Vous voyez alors qu'il vaut mieux être habile ciseleur que capitaine; car, je vous connais, moi, ainsi que toute la ville...

DANIEL.

Je ne mérite pas...

QUIBUS.

Je viens de la part du gouverneur...

DANIEL.

Du gouverneur?..

QUIBUS.

Il marie sa fille, et ayant entendu parler de la corbeille que vous ciselez dans votre atelier, il m'envoie vous en offrir le prix que vous voudrez.

DANIEL.

La corbeille que voici?..

QUIBUS.

Sans doute... Quel fini! quelle pureté!

DANIEL.

Elle n'est pas à vendre, capitaine.

QUIBUS.

Allons donc!.. le gouverneur vous en donnera dix mille ducats...

DANIEL.

En donnât-il cent mille?..

QUIBUS.

Vous n'y pensez pas...

DANIEL.

Cette corbeille est pour ma fiancée...

QUIBUS.

Ah! ah! ah! ah! Je comprends... mais avec dix mille ducats on devient l'époux d'une duchesse... Vous m'avez l'air aussi intelligent qu'habile; croyez-moi, terminez ce bijou et cédez-le pour le prix qu'on vous en offre. Votre fiancée aimera mieux de splendides toilettes qu'une œuvre d'art. Les femmes, c'est le découragement animé; voulez-vous?

DANIEL.

Non, capitaine...

QUIBUS.

Mais le gouverneur peut vous arracher de force cette corbeille?

DANIEL.

Ah! mon Dieu!

QUIBUS.

Voulez-vous?

DANIEL.

Non!..

SCÈNE V.
LES MÊMES, CRI-CRI.

CRI-CRI, paraissant.

Bien, Daniel, vois à qui tu avais à faire. (Quibus reprend son costume.)

DANIEL.

Quibus!..

QUIBUS.

Encore toi, Cri-Cri! Eh bien! veux-tu que je te dise, franchement, Daniel... Oh! impossible... Je suis esclave de Coquelnchon et... je suis esclave!... (Il disparaît.)

CRI-CRI.

Eh bien, Daniel, avais-je raison? Tu étais pauvre, et grâce à ton travail te voilà sur le chemin de la fortune...

DANIEL.

La corbeille est terminée; mais le bouquet?

CRI-CRI.

L'Amour n'a-t-il pas ses entrées dans tous les jardins... Viens, je te conduirai dans son parc, et lui fera le reste.

DANIEL.

Alors, de suite... Babolin!..

SCÈNE VI.

CRI-CRI, DANIEL, BABOLIN.

BABOLIN.

Qué qu' vous m' voulez?.. Cri-Cri!..

DANIEL.

Mon manteau, mon chapeau... nous partons.

BABOLIN.

Après dîner?

DANIEL.

A l'instant.

BABOLIN, à part.

Et Margot? Ah bah! les femmes ça se retrouve toujours. (Ils sortent.)

VINGT-DEUXIÈME TABLEAU.
Le parc de l'Amour.

Un jardin élégant. A droite, un banc de gazon. Sur le devant de la scène, une table de pierre ronde sur laquelle est un vase de fleurs.

SCÈNE PREMIÈRE.

NINA, endormie sur le banc de gazon, CRI-CRI, QUIBUS, en capitaine, la regardant dormir.

CRI-CRI.

Elle dort!..

QUIBUS.

Mais elle va se réveiller, et tu ne peux plus l'avertir du péril qu'elle court... En fuyant le temple de la Sagesse, elle s'est livrée à moi, et ta sévérité, en la faisant disparaître aux yeux de Daniel, a assuré ma victoire.

CRI-CRI.

J'ai pu cependant la transporter dans le parc de l'Amour...

QUIBUS.

L'Amour est aujourd'hui un de mes amis... Il fait tout pour moi...

CRI-CRI.

On t'a dit cela?

QUIBUS.

J'en suis certain... Ainsi, n'espère plus sauver Nina...

CRI-CRI.

Si je t'en priais?..

QUIBUS.

Je serais impitoyable... Je ne puis faire pour toi qu'une chose, changer de maître; appartenir à Daniel, mais à la condition...

CRI-CRI.

Qu'il deviendra bête comme Coqueluchon... marché impossible. Il est riche maintenant... il n'a pas de quibus... mais de l'or bien acquis, de l'or qui ne se changera pas en cuivre; et, quant à Nina, essaye de la tenter : j'ai foi dans l'Amour! (Il disparaît.)

SCÈNE II.
NINA, QUIBUS, puis L'AMOUR.

QUIBUS.

Et je me dédore de plus en plus. Je suis obligé de me travestir pour cacher la ruine de Coqueluchon... N'importe! agissons toujours. (Il la réveille.)

NINA.

Daniel... reconnais-moi!.. Margot, dis-lui... Mon Dieu! où suis-je?..

QUIBUS.

Dans le parc de l'Amour...

NINA.

Un capitaine... Quibus!..

QUIBUS.

Oui, moi; je vous ai protégée contre l'ingratitude et l'oubli de Daniel, qui feignait de vous méconnaître pour ne pas avoir la peine de vous congédier...

NINA.

Vous me trompez encore... il avait fini par comprendre mes pleurs, quand tout à coup...

QUIBUS.

Cri-Cri vous a fait disparaître... Cri-Cri, son protecteur : vous êtes trop pauvre pour Daniel, devenu riche.

NINA.

Mais alors, il ne me reste plus qu'à pleurer l'ingrat toute ma vie!..

QUIBUS.

Insensée, à votre âge!.. Épousez Coqueluchon, et vous aurez tout ce qui rend heureuse... Vous aurez surtout la liberté...

NINA.

Assez!..

QUIBUS.

Je suis jeune, moi; je ne quitte pas Coqueluchon, et je vous aime...

NINA.

Laissez-moi!.. vous profanez un mot sacré... L'Amour est inconnu de vous; il me défend et m'inspire.

L'AMOUR, paraissant.

Tu as raison; me voici.

QUIBUS ET NINA.

L'Amour!

L'AMOUR.

Oui, l'Amour véritable.

NINA.

Mon protecteur!..

QUIBUS.

Mon allié!..

L'AMOUR.

Ton allié? ah! par exemple!

QUIBUS.

Je sais...

L'AMOUR.

Tu ne sais rien, mon cher!..

Air : *Petite mouche.*

Il est vrai que, sur la terre,
Où Quibus croit pouvoir tout,
Sur les autels de Cythère,
Je te vois aussi debout;
Mais tes Cupidons stupides
Qu'on refrise chaque jour;
Et qui, pour cacher leurs rides,
Mettent du blanc, les perfides,
Ne seront jamais l'Amour. (bis.)

QUIBUS.

Mais alors...

L'AMOUR.

Alors, je te défends de chasser sur mes terres... Assez de femmes t'obéiront; Nina est à moi.

QUIBUS.

La Sagesse l'a abandonnée.

L'AMOUR.

L'Amour la sauve!

NINA.

Oh! merci!..

QUIBUS.

Je vais...

L'AMOUR. Un buisson se change en kiosque.

Entre là, Nina; personne ne t'y viendra tenter.

NINA.

Merci! merci! (Elle entre; le kiosque redevient buisson.)

QUIBUS.

Je me vengerai!..

L'AMOUR.

Tant que tu voudras. Mais, en attendant, retire-toi; tu n'as plus rien à faire ici... Quibus chez l'Amour, c'est un nuage au ciel.

QUIBUS.

Ah! vaincu toujours!.. (Il sort.)

SCÈNE III.
L'AMOUR, puis DANIEL, et BABOLIN.

L'AMOUR.

J'espère que Cri-Cri doit être content de moi. A-t-on jamais vu ce méchant Quibus?.. oser prétendre que j'inspire les femmes qui... Assez... je ne les connais pas même; j'ai bien essayé de leur décocher quelques-unes de mes flèches; elles se sont émoussées sur des buscs d'acier, quand elles n'ont pas glissé sur de la crinoline. Mais voici Daniel et Babolin... des gens à encourager encore...

BABOLIN.

Où que nous allons? où que nous allons? Croyez-vous que c'est régalant de s' promener comme ça la nuit?..

DANIEL.

Avant d'entrer chez les Fleurs, j'ai voulu pénétrer dans le parc de l'Amour... Peut-être l'Amour pourra-t-il me laisser entrevoir Nina.

BABOLIN.

A c't' heure-ci?

DANIEL.

C'est l'heure des rêves. Mais, c'est lui!

BABOLIN.

Ce petit bonhomme?

L'AMOUR.

Oui, je suis l'Amour, Daniel; et je t'engage à ne point chercher à voir Nina. Tu dois mériter la fleur de la persévérance. Nina est sous ma garde...

BABOLIN, riant.

Ah! ah! ah!

L'AMOUR.

Tu ris, Babolin!

BABOLIN.

Moi! pus souvent!

L'AMOUR.

Que je t'y prenne... Mais pourquoi regarder le ciel ainsi, Daniel?

DANIEL.

J'y cherche mon étoile!

L'AMOUR.

Pour savoir si elle brille? pour savoir si tu dois me croire?

DANIEL.

Eh bien! oui!

L'AMOUR.

Si elle venait elle-même te dire que j'ai raison?

BABOLIN.

Une étoile ici?

L'AMOUR.

Toutes les étoiles.

BABOLIN.

Celle de Margot?

L'AMOUR.

Celle de Margot.

BABOLIN.

Ça doit être une étoile filante.

L'AMOUR.

Regardez!.. elles quittent le ciel.

VINGT-TROISIÈME TABLEAU.
Les étoiles.

Le parc de l'Amour est plongé dans la nuit.

SCÈNE PREMIÈRE.
DANIEL, BABOLIN, L'AMOUR, LES ÉTOILES. Elles entrent et viennent se grouper autour de Daniel.

BABOLIN.

Oh! les jolies étoiles... Je m'engage dans le régiment des cerfs-volants.

DANIEL.

Soyez les bienvenues, filles du ciel.

L'AMOUR.

Interroge-les.

DANIEL.

Air : *Muse des bois.*

Ah! dites-moi, gentilles visiteuses,
Quel avenir le ciel m'a réservé.
Laissez parler vos lèvres lumineuses :
Dois-je obtenir tout ce que j'ai rêvé?
Non, taisez-vous, j'étais un téméraire,
Pourquoi nous dire où parviendront nos pas?
Le temps pour nous doit rester un mystère,
Vierges de feu ne me l'éclairez pas. (bis.)

L'AMOUR.

Tu fais bien, Daniel, il ne faut pas chercher à pénétrer l'avenir. Laissons au ciel ses secrets.

BABOLIN.

Eh ben, et mon étoile, et celle de Margot ?

L'AMOUR.

Ah ! l'étoile filante ?

BABOLIN.

Oui.

L'AMOUR.

Partie... avec bien d'autres.

Air : *les Étoiles de Béranger.*

Babolin, toutes les étoiles
Qu'on voudrait conserver aux cieux,
Le front couvert de jours blancs voiles,
Semblent fuir le plus tôt nos yeux.
Le frère, l'ami, l'homme habile,
Le chansonnier qu'on adorait,
C'est toujours l'étoile qui file,
Qui file, file et disparaît.

BABOLIN.

Ça, c'est vrai, qu' c'était un brave homme... et franc... Quand quequ' chose lui convenait pas, il disait toujours : Pas de ça, Lisette, vous voulez m'attraper.

L'AMOUR.

Et maintenant, Daniel, rends-toi chez les Fleurs, les étoiles éclaireront ta route.

BABOLIN.

Encore marcher !...

L'AMOUR.

Non, car le char de l'Amour est à vos ordres. (Un buisson est devenu char.) Monte, Daniel.

BABOLIN, montant à son tour.

C'est-y à l'heure ou à la course ?

L'AMOUR.

C'est à l'heure. En avant, mes sœurs.

VINGT-QUATRIÈME TABLEAU.

La reine des fleurs.

Jardin féerique. Praticables ornés de buissons et de fleurs, charmilles, cascades.

—

SCÈNE PREMIÈRE.

UNE GRENADE, UNE MARGUERITE, UNE CLOCHETTE, UN BOUTON D'OR, UN BLEUET, UN COQUELICOT, puis LA ROSÉE. Peloton de chacune de ces fleurs.

(Au lever du rideau, elles sont endormies près des buissons et sur les praticables. Cinq heures sonnent.)

LA GRENADE.

Cinq heures du matin... l'heure du boute-selle... Sonnez, trompettes !.. (Les trompettes sonnent. Les Fleurs s'éveillent.)

TOUTES.

La trompette... si matin !..

LE COQUELICOT.

C'est la Grenade qui fait des siennes.

LE BOUTON D'OR.

Tous les matins c'est la même chose.

TOUTES.

ui, oui.

LA GRENADE.

Silence !.. Ne suis-je plus le capitaine des fleurs ? la Grenade ?

TOUTES.

C'est vrai !

LA GRENADE.

Air : *Vive le vin, l'amour.*

Je suis la Grenade guerrière,
Je suis la fleur aimable et fière,
Pleine de feu ;
Il faut qu'à ma voix l'on s'éveille
Sans se faire tirer l'oreille,
Ou bien, morbleu !
Nous verrions ça. Debout, c'est la Grenade !
Debout, debout pour la parade !
D'abord le d'voir, ensuite les amours :
C'est le mot d'ordre de toujours,
Oui, mes sœurs, de toujours,
Toujours,
Toujours !
Mot d'ordre de toujours,
Le d'voir, le d'voir, le d'voir et les amours.

TOUTES.

D'abord le d'voir, etc.

UNE FLEUR, au fond.

Qui vive ?..

TOUTES.

Qu'est-ce que c'est que ça ?

LA FLEUR.

Qui vive ?..

LA VOIX DE COQUELUCHON.

Comment ! qui vive ?.. Je suis Coqueluchon et voici mon beau-père.

SCÈNE II.

LES MÊMES, LA GRENADE, COQUELUCHON, BRISEMICHE.

LA FLEUR.

Vous pouvez entrer.

COQUELUCHON.

Ça n'est pas dommage... Où est la reine des fleurs ?

BRISEMICHE.

Nous demandons la reine.

TOUTES.

Ah ! ah ! ah ! sont-ils drôles.

LA GRENADE.

Qui êtes-vous ? On n'entre pas comme ça chez la reine. Il faut...

COQUELUCHON.

De la fortune ? Je suis Coqueluchon.

TOUTES.

Coqueluchon !

COQUELUCHON.

De La Coqueluchonnière... et je viens acheter les plus précieuses de ses sujettes.

TOUTES.

Ah bah !

LA GRENADE.

Je vais vous annoncer au colonel, qui vous annoncera au général, qui vous annoncera...

COQUELUCHON.

Alors, je ne la verrai que l'année prochaine, et je veux la voir à l'instant.

LA GRENADE.

Êtes-vous recommandé ?

COQUELUCHON.

Recommandé et recommandable : j'ai le Quibus !

TOUTES.

Il a le Quibus !

LA GRENADE.

C'est différent... Je cours chez le colonel. (Elle sort.)

COQUELUCHON.

C'est-à-dire que c'est absolument la même chose.

BRISEMICHE.

Je le crains.

COQUELUCHON.

Que dites-vous de notre dernier voyage ?... Quelle voiture et quel ballon ?

BRISEMICHE.

Ne m'en parlez pas... j'en ai des éblouissements.

Air :

Que l' diable emporte les ballons !
Un peu plus j'entrais dans la lune.
La terre alors et ses vallons
M' paraissaient pas plus gros qu'un' prune.
Ah ! Mécanique sans pitié !
Si j' te r'trouv' jamais, que je crève,
Ou, pour m' venger d' ton amitié,
C'est un autre ballon qu' j'enlève.

TOUTES.

Ah ! ah ! ah !

BRISEMICHE.

Qu'est-ce qui les fait rire ?... Sapristi ! ça sent-il bon !

COQUELUCHON.

Ça embaume !

LA CLOCHETTE.

Eh bien, emmenez-nous !

TOUTES.

Oui, emmenez-nous !

LE COQUELICOT, à Coqueluchon.

Oui, emmène-nous, bel étranger.

COQUELUCHON.

Beau ! Elle a dit que je suis beau... Qui es-tu ?

LE COQUELICOT.

Le Coquelicot.

COQUELUCHON.

Une fleur de bas étage... Ça n'est pas mon affaire.

BRISEMICHE.

Ça serait bien la mienne.

LA CLOCHETTE.

Et moi la clochette.

LE BLEUET.

Moi le Bleuet.

LA MARGUERITE.

Nous n'avons tout au plus chacune que dix ou douze papillons pour amants.

COQUELUCHON.

Dix ou douze... Quelle horreur!... Mon beau-père, nous sommes parmi la populace des fleurs : ma dignité m'ordonne de ne pas rester ici.

TOUTES.

C'est ce que nous allons voir.

BRISEMICHE.

Dites donc, les petites mères...

LE COQUELICOT.

Il faut que vous dansiez avec nous.

COQUELUCHON.

Moi, danser!

TOUTES.

Oui! oui!

COQUELUCHON.

Et ma dignité?

BRISEMICHE.

Allons-y!

LA GRENADE.

La reine!

COQUELUCHON.

Je vais porter plainte!

BRISEMICHE.

Au fait, c'était pas si désagréable...

SCÈNE IV.

LES MÊMES, LA REINE, BABOLIN, DANIEL, LA COUR.

COQUELUCHON.

Madame!

LA GRENADE.

Place à la reine!

COQUELUCHON.

On n'a plus de respect pour la fortune... Tout es perdu !... Je suis là, moi, Coqueluchon... un homme d'importance.

LA REINE.

Quel est ce bruit?

COQUELUCHON.

Ce bruit, c'est ma dignité...

LA REINE.

Que me voulez-vous?

COQUELUCHON.

Acheter les fleurs les plus précieuses de votre cour... mes moyens me le permettent.

LA REINE.

Des fleurs qui se vendent?...

COQUELUCHON.

Les plus chères!

LA REINE.

Allez choisir vous-même, et vous payerez à mon trésorier.

Je ne demande pas mieux... mes moyens me le permettent. Allons choisir, beau-père. (Il sort.)

LA REINE.

Il en aura pour son argent. Dites au protégé de Cri-Cri que je vais le recevoir. Je suis sûre que celui-là n'aurait jamais pensé à payer des fleurs.

DANIEL, entrant.

Madame, je viens auprès de vous...

De la part de Cri-Cri? Je le sais. Voici les cinq fleurs que tu as déjà méritées. La rose de la Fidélité, sa sœur la Généreuse n'attend qu'une occasion pour te rejoindre.

DANIEL.

Merci, Madame. J'espère que cette occasion se présentera bientôt.

LA REINE.

J'y compte. Et maintenant, qu'on se réjouisse en l'honneur de Daniel, mon hôte ! (Ballet des Fleurs.)

COQUELUCHON, entrant.

Madame la reine, ces fleurs ne sont pas assez croustillantes. (Apercevant une corbeille de fleurs.) Voilà mon affaire!

LA REINE.

Prends si tu l'oses !

COQUELUCHON.

Avec mes moyens...

VINGT-CINQUIÈME TABLEAU.

La corbeille enchantée.

Une fleur animée sort de la corbeille et se perd dans les cieux.

LA REINE.

Elle se fane au contact de l'or... elle ressuscitera à la voix de l'Amour !

ACTE TROISIÈME.
VINGT-SIXIÈME TABLEAU.
Le derviche.

Une forêt. Au milieu de la scène, un gros arbre. — Un ermitage.

SCÈNE PREMIÈRE.

QUIBUS, en derviche.

Quand le diable devient vieux, il se fait... derviche. Rien ne rend sage comme la vieillesse et la pauvreté. Coqueluchon se ruine en aveugle. Encore quelques jours, et je serai un simple esprit. Je commence à croire que je gagnerai au change. Mais en attendant Coqueluchon est mon maître toujours; et, au bout du compte, je ne serais pas non plus fâché de triompher de Daniel... Je me sens attiré vers lui. Cela m'irrite... Deux fleurs lui manquent, la Générosité et la Fidélité. C'est la dernière que je vais lui disputer. Il a résisté à Briscitout qui ne flattait que son orgueil; il ne résistera pas aux fleurs de Coqueluchon qui flatteront ses sens. C'est le moyen aussi de jouer un bon tour à mon maître en le servant. Coqueluchon a enfermé les Fleurs dans un vieux sérail avec lequel cette cabane communique; que Daniel entre dans cette cabane et il est à moi. Me voilà sur la route qu'il a dû prendre... c'est lui...

SCÈNE II.

QUIBUS, DANIEL, BABOLIN.

DANIEL.

Marche donc, gros paresseux !...

BABOLIN.

Gros paresseux! gros paresseux !.. c'est bien la peine d'être doré pour voyager à pied...

DANIEL.

C'est de ta faute... tu déjeunais quand la caravane est partie ; maintenant il faut la rejoindre...

BABOLIN.

Vous m' faites toujours voyager dans un pays où y a pas seulement un bouchon.

DANIEL.

C'est notre route.

QUIBUS, s'approchant.

Ayez pitié d'un infortuné...

BABOLIN.

Bon! y n' manquait pus qu' ça...

DANIEL.

Donne, Babolin.

BABOLIN.

Donne, donne... J'aim'rais mieux prendre...

QUIBUS.

Ce n'est pas tant d'argent que j'ai besoin, que de compassion pour un malheureux qui se meurt.

DANIEL.

Un homme se meurt... Où donc?...

QUIBUS.

Là... Il est tombé devant ma porte et je l'ai recueilli...

BABOLIN.

Ça m'est bien égal...

DANIEL.

Tais-toi... Peut-être peut-on le soulager...

BABOLIN.

Allez-y si vous voulez, moi, j' vas m'asseoir.

DANIEL.

Je reviens. (Il entre dans l'ermitage.)

QUIBUS.

Dites donc, mon brave homme, j'ai dans ma cabane une bouteille de vieux vin.

BABOLIN.

Du vieux vin!... Allons le secourir. (Il se précipite dans la cabane.)

SCÈNE III.

QUIBUS, CRI-CRI.

QUIBUS.

Les voilà pris. Je triompherai peut-être cette fois.

CRI-CRI.

Cela n'est pas sûr.

QUIBUS.

Encore toi, Cri-Cri !

CRI-CRI.

Toujours moi; mais il ne manque plus qu'une fleur à Daniel.

QUIBUS.

Deux...

CRI-CRI,

Une, puisque tu viens de lui faire gagner toi-même la Générosité.

QUIBUS.

C'est, ma foi! vrai.

CRI-CRI.

Tu en conviens?.. Sers-nous, alors.

QUIBUS.

Je veux auparavant savoir ce que Daniel fera dans le sérail.

CRI-CRI.

Soit. Entrons dans le sérail. (L'arbre du fond se transforme en sérail.)

VINGT-SEPTIÈME TABLEAU.

Le sérail.

Les jardins intérieurs du sérail.

SCÈNE PREMIÈRE.

LE CHEF DES EUNUQUES, EUNUQUES NOIRS.

LE CHEF.

Ainsi, mes fidèles compagnons, le hasard nous a fait une
nouvelle noirceur, comme si nous ne pouvions pas nous en
passer....Il était déjà bien difficile de garder des femmes,
n'est-ce pas?

TOUS.

Ah! oui.

LE CHEF.

Eh bien, nous voilà obligés de garder des fleurs animées
qu'un étranger confie à nos soins.

TOUS.

Un étranger!

LE CHEF.

Air connu.

Cet étranger probablement ignore
Que le sérail est loin d'être un lieu sûr;
Femmes ou fleurs, on a beau vous y clore,
Vous en sortez par les fentes du mur
Pour folâtrer librement sous l'azur.
La liberté, maint exemple le prouve,
Pour une femme autant que pour des fleurs,
Quand on a su gagner leurs cœurs,
Est le meilleur gardien qu'on trouve. (bis)

Enfin, pour ce que nous avons à y voir, peu nous importe.
Il est vrai que cet étranger me paraît un peu... Il m'a chargé
en secret d'acheter, dans un quart d'heure, une Circassienne.
Il croit que ça se trouve sous la main tout de suite, comme une
botte de n'importe quoi. Je ne vous cacherai pas que je suis
embarrassé pour lui obéir. Faisons bonne garde en attendant,
et si quelque téméraire... Nous sommes en Orient...

TOUS, tirant leurs cimeterres d'un air farouche.

Nous sommes en Orient !

LE CHEF.

Ohé! les moricauds
Gardons bien les femmes ;
Les maris vieux et sots
Redoutent leurs flammes.
Des amants au guet, mes amis, déjouons les trames ;
Vengeons-nous d' ces dames,
Qui n' nous trouv'nt pas beaux.
(A la sortie, tous les eunuques reprennent :)
Ohé! les moricauds, etc., etc.

SCÈNE II.

BRISEMICHE, MARGOT.

BRISEMICHE.

Par ici, Margot, par ici!.. Voilà un refrain qui m' rappelle
bien des choses...

MARGOT.

Nous voilà donc tous les deux plantés là?

BRISEMICHE.

Mon Dieu, oui! on en veut de la graine...

MARGOT.

Daniel et Babolin m'abandonnent!..

BRISEMICHE.

Mon gendre, mon affreux gendre, me dire d'aller l'attendre
au moulin après m'avoir fait faire tant de choses que j'en suis
moulu !..

MARGOT.

M'est avis que nous aurions dû marcher bien vite au lieu d'
nous arrêter ici.

BRISEMICHE.

J'avais trop soif... Ah çà! qu'est-ce que c'est que c'tte maison?..

MARGOT.

Ça n'a pas l'air d'une auberge...

BRISEMICHE.

On revient... nous allons nous rafraîchir.

SCÈNE III.

LES MÊMES, LE CHEF DES EUNUQUES, LES EUNUQUES.

LES EUNUQUES.

Ohé! les p'tits agneaux etc.

BRISEMICHE.

Ils ont l'air de bonne humeur... Monsieur!..

LE CHEF.

Que vois-je? qu'-ouis-je?.. Des téméraires dans le sérail?

TOUS.

Dans le sérail !..

MARGOT.

Eh ben ! nous v'là frais.

BRISEMICHE.

Est-ce qu'on peut s'y rafraîchir, dans le sérail?..

LE CHEF.

S'y rafraîchir?.. Naïf étranger... je vais te satisfaire...

BRISEMICHE.

Eh! laissez-moi...

MARGOT.

Voulez-vous bien laisser mon parrain?..

LE CHEF.

Ouf! Quelle poigne... La jolie femme... Pour une jolie femme,
voilà une jolie femme... N'est-ce pas, vous autres?

TOUS.

Oui, oui.

MARGOT.

Voyez-vous ça... Et puis après?

LE CHEF.

Après?.. Je fais votre fortune si vous voulez... ou je coupe
la tête de votre parrain.

BRISEMICHE.

Ma tête !.. J'aime mieux que vous fassiez sa fortune...

MARGOT.

Et comment qu' ça s'arrangera?

LE CHEF.

Le plus simplement du monde... Je dois acheter pour mon
maître une Circassienne...

BRISEMICHE.

Une Circa... quoi?

LE CHEF.

Une houri... Je vous trouve assez... Enfin, vous devenez
l'esclave favorite...

MARGOT.

Moi, esclave! j' verrons ben ça! (Elle donne un soufflet au chef des
eunuques.)

LE CHEF.

Elle est charmante!.. Mais on vient... mon maître, peut-être!
Homme intelligent, décide-la, et je vous sauve la vie...

MARGOT.

Venez, mon parrain, j'ai mon idée. (On les emmène.)

SCÈNE IV.

LE CHEF DES EUNUQUES, COQUELUCHON.

COQUELUCHON, entrant.

Qu'en dites-vous?.. Suis-je assez Grand-Turc... Ce que c'est
que d'avoir un physique comme le mien!.. Moricaud?..

LE CHEF.

Maître...

COQUELUCHON.

M'as-tu acheté une Circassienne?

LE CHEF.

Oui, maître.

COQUELUCHON.

Je vais donc me croire en Circassie (cirque assis). Elle est
jolie?

LE CHEF.

Charmante!

COQUELUCHON.

Elle m'aimera' Fais entrer le petit magicien qui doit me
vendre le secret d'amour.

LE CHEF.

J'y vais, maître. (Il sort.)

COQUELUCHON, seul.

J'ai renvoyé mon beau-père au moulin... Trois mois me
restent encore avant le jour fixé par Nina; je veux en profiter,
dire adieu à la vie de garçon d'une manière ottomane. J'ai
renfermé mes fleurs ici... Les coquines... elles me donnent un
tourment... Heureusement que le magicien...

SCÈNE V.

COQUELUCHON, CRI-CRI, en magicien, puis QUIBUS.

CRI-CRI.

Présent ! le magicien.

COQUELUCHON.

Ah!.. Je suis?..

Coqueluchon.

COQUELUCHON.

C'est un magicien sorcier. Je veux?..

CRI-CRI.

Vous voulez que je vous donne les moyens de vous faire aimer?

COQUELUCHON.

Chut!.. Les moyens de me faire rendre justice.

CRI-CRI.

Soyez beau, jeune, instruit, courageux, habile...

COQUELUCHON.

Je suis riche...

CRI-CRI.

Cela ne suffit pas.

RONDEAU.

Air : *Turlututu.*

Quoi ! vous voulez que l'on vous aime,
Parce que vous avez de l'or,
Et que, pour talisman suprême,
Vous ouvrez votre coffre-fort ?
De par la puissance éternelle,
Qui créa les fleurs pour le jour,
Une femme est toujours cruelle
Pour l'homme qui n'a point d'amour.
S'il en réclame une caresse,
Elle éprouve un frisson au cœur.
Il faut obtenir sa tendresse
Par quelque mérite vainqueur.
Le héros plaît pour sa vaillance,
Le savant pour ses grands travaux ;
L'homme d'État pour sa puissance,
L'artiste plaît pour ses tableaux ;
Le poëte, à la femme aimée,
Ouvre le superbe avenir,
Et, par ses nobles vers charmée,
Sa maîtresse l'aide à souffrir ;
Un artisan pour sa compagne
Est toujours un objet d'orgueil ;
Le pain qu'elle mange, il le gagne,
Et la joie habite leur seuil.
L'étudiant, pour la grisette,
Est l'homme qui sera demain
Le héros ou le doux poëte
Utile et cher au genre humain.
Mais l'homme qui prétend qu'on l'aime
Parce qu'il prodigue de l'or,
On en rit, on en rit, quand même,
Vous donnât-il tout son trésor.
De par la puissance éternelle,
Qui créa les fleurs pour le jour,
Une femme est toujours cruelle
Pour l'homme qui n'a pas d'amour.

COQUELUCHON.

Tu es un petit drôle... et je vais te prouver... A moi, Quibus!..

QUIBUS.

Me voici!

COQUELUCHON.

Prouve à ce petit misérable...

CRI-CRI.

Ah! ah! ah!

QUIBUS.

C'est Cri-Cri!

COQUELUCHON.

Cri-Cri!

CRI-CRI.

Je n'avais rien à faire en ce moment, j'ai ri... Au revoir, Coqueluchon. (Il disparaît.)

COQUELUCHON.

C'est toi, gueusard!.. Où est Daniel?

QUIBUS.

Il est ici.

COQUELUCHON.

Mais, mes fleurs?..

QUIBUS.

Il faut qu'elles le rendent infidèle.

COQUELUCHON.

Mais je serai...

QUIBUS.

Vous n'êtes pas le seul. Il faut vaincre à tout prix. Si les fleurs ne suffisent pas, nous lui présenterons cette Circassienne dont vient de me parler le chef des eunuques.

COQUELUCHON.

Mais moi?..

QUIBUS.

Vous serez... triomphant...

SCÈNE VI.

COQUELUCHON, puis LE CHEF DES EUNUQUES, puis BRISEMICHE, en odalisque.

COQUELUCHON.

Est-il heureux, ce jeune imbécile! Est-ce que Quibus aurait raison? Allons donc... ça ne peut pas être... Que mes fleurs fassent ce qu'il faut pour le perdre... j'ai ma Circassienne... cela suffit pour le moment. Les voici. (Entrent Brisemiche et le chef des eunuques.)

LE CHEF.

Maître, je dois vous dire...

COQUELUCHON.

Qu'elle est charmante?

LE CHEF.

Charmante!.. Approchez, jeune houri !

COQUELUCHON.

Enfin !

BRISEMICHE, à part.

Où diable Margot a-t-elle eu l'idée de me flanquer ces habits-là!.. Je suis compromis.

LE CHEF.

Approchez, vous dis-je. Voici votre nouveau maître ; montrez-lui votre visage. (Il lève le voile et reconnaît Brisemiche.) Ouf! Allah! Allah !

COQUELUCHON.

Laissez-lui son voile... je veux l'ôter moi-même.

LE CHEF.

C'est que...

COQUELUCHON.

Allez-vous-en!..

LE CHEF.

Quelle Circassienne! Je vais faire mon paquet. (Il sort.)

BRISEMICHE, à part.

Queu drôle de voix il vous a l' Grand-Turc... Je l'ons déjà entendue qucuq' part.

COQUELUCHON.

Soyons oriental. Pst! pst !.. Aimable modestie !

BRISEMICHE, à part.

J'ai envie de l'étouffer... il ne pourra pas me faire pendre.

COQUELUCHON.

Ai-je un mouchoir, au moins? Il faut un mouchoir... hum !.. hum !.. j'ai le mouchoir... le petit mouchoir!

BRISEMICHE, à part.

Avec son nez, on ne le dirait pas.

COQUELUCHON.

Tu es belle comme la lune. Écartons le voile, le gentil petit voile.

BRISEMICHE.

Voulez-vous bien laisser ça, vous...

COQUELUCHON.

Quelle poigne!.. Décidément, je veux l'embrasser..

BRISEMICHE.

Veux-tu bien te taire... (Coqueluchon court après Brisemiche, qui se sauve.)

VINGT-HUITIÈME TABLEAU.
Le retour au village.
Le sérail redevient la forêt.

SCÈNE PREMIÈRE.
MARGOT, DANIEL, BABOLIN, puis CRI-CRI

MARGOT.

Venez, m'sieur Daniel, et toi aussi, gros imbécile !

DANIEL.

Enfin, j'ai pu leur échapper !

BABOLIN.

Et moi, donc! Est-ce qu'y n' voulaient pas m' pendre avec une pique!

DANIEL.

Mais comment se fait-il, Margot, que tu sois ici?

BABOLIN.

Oui, comment qué ça se fait?..

MARGOT.

J' suis venue avec mon parrain.

BABOLIN.

Avec son parrain!.. Comment ça?..

MARGOT.

Tu l' sauras plus tard.

BABOLIN.

Mais j' s'rons donc toujours pas pu avancé qu'au premier jour? (Musique.)

CRI-CRI, paraissant.

Qu'est-ce que tu dis là!.. Tu mériterais...

TOUS.

Cri-Cri!

CRI-CRI.

Ton protecteur, Daniel. Toutes les fleurs que Nina pouvait désirer sont maintenant à toi... (Cloches.) Entends-tu au lointain

Ce sont les cloches du village qui annoncent l'heure de ton retour.

DANIEL.

La caravane est partie!

CRI-CRI.

De quelle caravane veux-tu parler?

DANIEL.

De celle que nous avons prise ce matin, à Alep, pour retour-
ner en Europe.

CRI-CRI.

Mais puisque tu entends les cloches du village...

BABOLIN ET MARGOT.

Ah bah!

DANIEL.

Il se pourrait!

CRI-CRI.

Il se peut: viens avec moi de ce côté, Babolin. Et toi, Margot, cours prévenir les amis que, demain, la Sagesse aura prononcé.

MARGOT.

C'est ça... je cours avertir les amis, et vive la noce !

VINGT-NEUVIÈME TABLEAU.

La guinguette.

L'arbre se transforme en une guinguette ouverte sur la campagne. — Des tables servies.

SCÈNE PREMIÈRE.

MARGOT, PAYSANS, PAYSANNES.

MARGOT.

Par ici, les amis, par ici ; y fait si chaud que j' pouvons nous
arrêter un brin à la guinguette.

TOUS.

C'est cela, à boire!.. à boire !..

LES GARÇONS.

On y va... on y va...

PREMIÈRE PAYSANNE.

Ainsi donc, c'est pour demain ?

MARGOT.

Oh! mon Dieu, oui, y a pas à s'en dédire. Nina et moi j'
nous marions.

DEUXIÈME PAYSANNE.

Et les épouseux !

MARGOT.

Y sont quatre.

PREMIÈRE PAYSANNE.

Quatre!.. c'est t'y Dieu possible !

MARGOT.

Mais y en aura que deux qui épouseront... J' sais bien lesquels. La Sagesse a donné l'hospitalité à Daniel et à Babolin qui
est tout doré. Quant à Coqueluchon, y donne ce soir une fête
dans son château... mais une fête... C'est égal, rira bén qui rira
le dernier.

DEUXIÈME PAYSANNE.

Tant mieux si c'est Daniel.

MARGOT.

Et Babolin donc !

PREMIÈRE PAYSANNE.

Enfin, vous v'là tous revenus, c'est le meilleur. En avez-vous
dû voir du pays...

MARGOT.

Si j'en ons vu!.. D'abord des Indiens.

TOUS.

Des Indiens !

MARGOT.

Oui, des hommes d'Inde... comme partout... et des Turcs.

TOUS.

Des Turcs !

MARGOT.

A preuve que le grand schah, il a voulu se marier avec moi.
C'est mon parrain qui s'est présenté.

TOUS.

Ah! bah !..

MARGOT.

Oui, en dalisque... comme ils disent! Ah ! qui fait donc soif !

TOUS.

A boire!..

MARGOT.

J' voudrais déjà être à demain... pour danser... et puis, c'est
t-y gentil tout d' même le mariage!

PREMIÈRE PAYSANNE.

A la ville.

MARGOT.

Et à la campagne!.. En avant la ronde du mariage !..

Air : Bacchanal.

Dans les cités, dans les bourgs,
Tout comme au village,

C'est ben joli l' mariage
Après les amours.
L'épouseux, tout tremblant,
Vient chercher sa belle,
Qui n' fait pas la rebelle
Sous son voile blanc.
Franche, timide ou coquette,
La femme tout bas répète :
Crac!
Marions-nous, (bis.)
Rien au monde n'est plus doux!
Marions-nous, (bis.)
Vit', marions-nous !

TOUS.

Franche, timide ou coquette, etc.

DEUXIÈME COUPLET.

On dîne avec l'épouseux,
Et puis, à la danse,
C'est par vous que l' bal commence...
Viv' les amoureux!
Minuit son', faut partir,
Que d' chos' on vous d'mande!
C'est l' mari qui commande,
Il faut obéir.
Franche timide ou coquette, etc.

TROISIÈME COUPLET.

V'là qu'au bout d'un certain temps
On voit un' têt' blonde,
Vous tendre sa petit' jou' ronde,
Dieu! qu'-ça fait content!
Puis, c'est deux... puis, c'est trois,
Surtout au village!
En dix ans de mariage
Y en a douz' quequ' fois.
Franche, timide ou coquette, etc.

TOUS.

Bavo! vive Margot! vive le mariage !

MARGOT.

Et maintenant allons annoncer la noce partout.

TOUS.

Oui, oui...

MARGOT.

Qui m'aime me suive.

TOUS, reprise.

Franche, timide ou coquette...

(Ils sortent tous en chantant.)

TRENTIÈME TABLEAU.

La fête chinoise.

Salle à manger chinoise. — Table splendidement servie et éclairée.

SCÈNE PREMIÈRE.

COQUELUCHON, LES SEPT FLEURS de COQUELUCHON,
en chinoises, GARDES CHINOIS, puis L'AMOUR.

CHŒUR.

Air de M. Joly.

Viv' la gaîté! viv' Coq'luchon!
Et nargue du qu'en dira-t-on.
Viv' la gaîté!

COQUELUCHON.

C'est cela... vive la gaieté! vive Coque... Et pourquoi pas ?
mes moyens me le permettent... Vive Coqueluchon!..

TOUTES.

Vive Coqueluchon!

COQUELUCHON.

Voilà, je l'espère, un festin comme vous l'avez souhaité...
Tout à la chinoise... domestiques chinois, plats chinois, mets
chinois, et moi-même... ..

PREMIÈRE FLEUR.

Un vrai Chinois...

DEUXIÈME FLEUR.

De Paravent...

COQUELUCHON.

C'est sans doute la capitale de la Chine... C'est égal, cela va
me sembler drôle de souper avec un bouquet de mariée... Car
enfin, grâce à vous, j'épouse Nina.

DEUXIÈME FLEUR.

Ah! la malheureuse!

PREMIÈRE FLEUR.

Quelle âge a-t-elle ?

COQUELUCHON.

Seize ans.

TOUTES.

Ah! ah! ah !

COQUELUCHON.

Elles rient.

PREMIÈRE FLEUR.

Je croyais qu'on n'épousait pas son grand-père.

COQUELUCHON.

Qu'est-ce à dire? J'ai eu trente-cinq ans...

DEUXIÈME FLEUR.

Autrefois...

COQUELUCHON.

Je commence à croire que j'aurais dû renfermer mes fleurs dans la corbeille.

TOUTES.

Nous renfermer...

COQUELUCHON.

Eh bien! non... eh bien! non... Cependant, je suis votre maître.

PREMIÈRE FLEUR.

N'avons-nous pas fait toutes tes volontés, ne t'avons nous pas débarrassé de ce vilain Quibus.

COQUELUCHON.

Ah! ça, c'est vrai et avec une dextérité... Je vous en remercie et je vous ordonne...

DEUXIÈME FLEUR.

De boire à la santé?

TOUTES.

De nous mettre à table?.. (On se met à table.)

COQUELUCHON.

A ma santé... Eh bien! oui... vive la gaieté... Je veux passer cette nuit d'une façon folichonne... Buvons!...

TOUTES.

Buvons! bravo! et après le dîner nous danserons...

COQUELUCHON.

Danser... fi donc!.. ça n'est pas comme il faut... On ne fait pas ces choses-là soi-même... Ouvrez les portes, vous allez voir ceux qui dansent pour moi. (Ballet de petits Chinois.)

TOUTES, quittant la table.

C'est délicieux!...

COQUELUCHON.

Oui, c'est délicieux...Je suis d'une légèreté... Tiens les bougies qui s'éteignent... et puis... ah! c'est étonnant, j'ai envie de dormir... c'est déli... oui... c'est... (Il s'endort.)

PREMIÈRE FLEUR.

Tiens... il dort... Comme c'est aimable!

DEUXIÈME FLEUR.

Et dire que, grâce à nous, ce vilain magot-là va se marier!

PREMIÈRE FLEUR.

C'est une horreur! et s'il n'était pas si riche...

DEUXIÈME FLEUR.

Riche... On dit qu'il est ruiné...

PREMIÈRE FLEUR.

Si je le savais. . Mais au bout du compte comment le quitter, nous, ses fleurs, qui nous rachettera?

L'AMOUR, paraissant sur la table.

Bonjour, mes petites.

TOUTES.

L'Amour!

L'AMOUR.

Eh! oui, l'Amour. Vous êtes nées pour me servir et non pour servir le Quibus. Profitez du sommeil de votre maître et suivez-moi?

TOUTES.

Où cela?

L'AMOUR.

Dame! je ne sais pas trop, on dit que je suis aveugle... C'est égal, suivez-moi tout de même.

TOUTES.

Oui... oui...

L'AMOUR.

Chut!... du silence. (Elles sortent à sa suite avec chacun un petit chinois.)

COQUELUCHON, endormi.

C'est délicieux... je suis dans le troisième ciel... le génie du mariage m'apparaît. (Un clown cornu sort de la table et réveille Coqueluchon.) Qu'est-ce que c'est que ça?... où sont mes fleurs?.. A moi!... Le génie du mariage... c'est le diable!... (Il est poursuivi par le clown.)

TRENTE ET UNIÈME TABLEAU.
Qui est-ce qui a le quibus?
Chez la Sagesse.

SCÈNE PREMIÈRE.
BABOLIN, MARGOT.

BABOLIN, entrant, suivi de Margot.

Nous verrons ça, tout à l'heure...

MARGOT.

Comment, nous verrons ça... Mais t'as juré...

BABOLIN.

J'ai juré... J'ai juré... Toi aussi t'avais juré d' rester chez la Sagesse.

MARGOT.

Est-il mauvais pour moi!... Queu qu'on t'a fait?... Autrefois, c'est toi qui m'suppliais, et maintenant... faut que t'aies queuqu'chose...

BABOLIN.

Certainement.

MARGOT.

Quoique t'as?

BABOLIN.

C' que j'ai? (L'orchestre joue le refrain de Bastien, que Babolin fredonne.)

MARGOT.

Ah! je comprends, t'es fortuné.

SCÈNE II.
BRISEMICHE, DANIEL, BABOLIN, MARGOT, PAYSANS, PAYSANNES, puis COQUELUCHON, QUIBUS, CRI-CRI.

BRISEMICHE.

Viens, Daniel, mon cher enfant; si c'est toi qu'est le plus riche, j' te porte dans mon cœur.

COQUELUCHON.

Arrêtez... me voilà.

BRISEMICHE.

Ah diable! toujours aussi cossu. Qu'est-ce qui a le Quibus, enfin?

BABOLIN.

Présent, le Quibus.

COQUELUCHON.

Toi!.. veux-tu bien... A moi, mon esclave!

QUIBUS, entrant railleur et complètement pauvre.

La charité, s'il vous plaît!..

TOUS.

Ah! bah!

COQUELUCHON.

Misérable!

QUIBUS.

Je ne suis plus votre esclave. Je n'ai plus d'habits d'or, plus de manteau d'or, plus rien d'or... Je me sens de l'esprit. Ta main, Daniel.

COQUELUCHON.

C'est une horreur! mais j'ai la corbeille, et je fais tambouriner, en ce moment, mes fleurs.

DANIEL.

Mes présents sont ici, que la Sagesse prononce!

CRI-CRI, paraissant.

Elle a prononcé...

Le travail, c'est le fer; la richesse, c'est l'or;
La richesse se perd; le travail la procure.
Le fer ne connaît pas la nécessité dure;
C'est donc lui qui, des deux, est le seul vrai trésor.

COQUELUCHON.

C'est un infamie!

DANIEL.

Et Nina?

CRI-CRI.

Elle t'attend chez l'Amour.

BRISEMICHE.

Allons-y.

CRI-CRI.

Vous y êtes. (Changement.)

TRENTE-DEUXIÈME TABLEAU.
Le royaume de l'amour.
Décor fantastique.

SCÈNE PREMIÈRE.
LES PRÉCÉDENTS, L'AMOUR, NINA.

L'AMOUR.

Voilà ta fiancée, Daniel.

NINA.

Oui ta fiancée fidèle...

MARGOT.

Babolin, je t'aime.

BABOLIN.

Eh bien j' t'épouse... mais je te rendrai les taloches que tu m'as données...

MARGOT.

J' verrons ben. . En attendant... honneur au Cri-Cri!

CHŒUR FINAL.

Air de M. Joly.

Honneur au Cri-Cri,
C'est bien l'ami
Du royaume de chaume, (bis.)
C'est par lui que l'on peut grandir; (bis.)
Il faut l'aimer et le bénir. (bis.)

FIN.

www.ingramcontent.com/pod-product-compliance
Lightning Source LLC
Chambersburg PA
CBHW061614180626
46818CB00005B/2068